让每个日子
都看见欢喜

丁立梅

/ 著

DING LIMEI
WORKS

*Happy every day*

作家出版社

风吹着窗外的花树，
云唱着蓝天的歌谣，
怎么样，都是好了。

# 目　录

CONTENTS

# 序

## 一天就是一辈子

:

我买了一堆彩铅，作画。

我在纸上随意描摹，画猫，画狗，画小草，画小花。态度谦恭认真，像刚学涂鸦的小孩。人见之，大不解，问我什么的都有。"你为什么现在要学画画？画了做什么用的？""你是想改行做画家么？""是哪里约你的画稿吗？""你是想给自己的书画插图么？"……无一例外的，都奔着一定的功利去。仿佛我种下一棵树，就是为了收获到一树的果，否则，就不符世道常规，就让人匪夷所思了。

可是，有时种树，只为那栽种时劳作的喜悦，有阳光洒下来，有汗水滴下来，泥土芬芳，内心充盈，就很好了呀。它实在无关以后。以后，有没有一树的花，有没有一树的果，有什么要紧呢！

年少时，我是那么热衷地喜欢过画画。梦想里，是想拥有一屋子的彩笔，画一屋子的画，在墙上随便贴。却被大人们认为不务正业，他们苦口婆心地劝告，小孩么，将来考上好大学，找份好工作，做人中龙凤，才是最好的奋斗目标。我很听话地，藏起自己的梦想，一日一日，朝着大人们所要求的样子，成长起来。偶尔想起，我曾经也有过自己的梦想，却恍若隔世了。

想想我们一生，几乎都活在世道的常规里。做任何事，走任何路，是早就规定好了的，由不得我们自己做主。我们以世俗的目光，来衡量着成败，追逐着那些所谓的梦想，追得好辛苦。到头来，外表或许很光鲜了，繁花似锦；内里，却空空如也，一颗心，常常找不到着落处。在前行的路上，我们早把自己弄丢了。

好在还有时间来弥补。我以为，哪怕生命只剩最后一天，都为时不晚。这一天，你完全属于你自己，你可以捡拾起从前喜欢的笛子，吹上两段，断续不成曲那又有什么关系？你不必在乎他人的眼光，不必在意曲调是否流畅，你只享受着你吹响的那一刻。手握笛子，有音符从心底飞出，你很快乐。能够使自己快乐，才是人生最大的收获。

　　就像现在我拿起画笔，不定画什么，也不定画成什么模样，赤橙黄绿，落在纸上，都是我缤纷的喜悦。那些我曾经的年少，那些我隐蔽的梦想，在纸上一一抵达。风吹着窗外的花树，云唱着蓝天的歌谣，怎么样，都是好了。我可以把一天，过成我想要的一辈子。

我可以把一天，
过成我想要的一辈子。

第一辑

# 光阴慢

那些光阴真是慢啊，慢得像荡上天空的一丝柳絮，忽忽悠悠，天空远得很啊。村庄很像一支古老的歌谣，日复一日，弹唱着同样的曲调。熟悉的人，熟悉的物事，天天都能见着。

## 终朝采蓝

·
·

—

植物唤蓝,真正迷死人。

怎么就唤蓝呢?

马蓝、木蓝、蓼蓝、菘蓝,哪一个念在嘴里,都能念出一嘴的蓝来。染了春衣,染秋衣吧。染了衫子,再染裙吧。

我总忍不住想上一想,是谁,最先发现,葛可以织布,蓝可以染衣裳?布能遮体,一为避羞,二为避寒。然用蓝来染色，却无关乎羞与寒冷。

只是因为，追求美啊。

在美跟前，人类无师自通。

想起曾看到的一幕。一个流浪在街头的智障女，在垃圾桶里，捡到一枚红色发卡。她高兴地举着发卡，近乎发狂地笑着跳着。然后，她把它，庄重地戴到了她的发上。她指着头开心地对人说，美，美。

美，才是人类最原始最华贵的尊严。

人类祖先，给我们开创了美的先河。女人们在头上戴花、插荆钗。男人们在头上插羽毛，在腰间佩饰物。把贝壳、骨头、石子钻出孔来，穿成手镯和项链，装饰手腕和脖子。但我还是要惊异于，他们怎么就想到要把颜色染到衣上？怎么就知道蓝草里面能提炼出蓝？

真聪明啊！

《诗经》里有"终朝采蓝"之句，每回念到，我都如初见。喜欢。喜欢到忧伤。想着那个采蓝的女子，蓝衫蓝裙地穿着，去野地里采蓝，为她的夫君织染衣裳。夫君尚在远方，说好五天归的，六天过去了，他竟还没有回。她心不在焉地采呀采呀，思念都染上蓝了。她的夫君若远远打马归来，是否率先看到原野上，他的那一朵蓝？

人类最贴己的颜色，原是蓝。

幸好，还有那样的老作坊在，织染着从前的蓝。

是在湘西的苗寨。那里的人们，还过着自给自足的日子。

吃的是自家种的粮食，穿的是自家织染的衣裳。无论大人小孩，都是一身的蓝，靛蓝，或蓝黑。衣襟和衣袖上绣了花。他们一个个走出来，仿佛是从《诗经》里走出来的。

那里的女人们都精通织染和绣花。她们把采来的蓝草，一篮一篮，浸泡在大缸之中。隔天，再加以石灰搅拌。几天之后，撇去上面清水，得半缸蓝胶，就是上等的染料。

看着她们把染好的布料，晾在太阳底下晒，是件赏心悦目的事。那一匹匹蓝，在蓝天下飘拂着，有着远古旷野的浩荡、朴素和寂静。

二

友人去印度，带回不少条印度丝巾，颜色缤纷艳丽，如收拢了一堆的云霞。她让我挑一条。我一眼看中一条浅蓝的，很素朴安静。

友人看着我，哧哧笑了，说，真意外，以为你要挑玫粉的呢。

不提不醒。我这才惊觉，不知从什么时候起，我是这么中意于蓝。家里窗帘，挂的是蓝色的。被面床单，是蓝色碎花的。衣橱里，春夏秋冬的衣，蓝色竟占去了一大半。

从前不是这样的。

从前我是喜欢大红大绿的，喜欢光芒、热烈、灿烂、万众瞩目，得失皆忧于心。

人到了一定年纪，真的是要往回收的。不爱喧闹了。不爱灯光闪烁了。情愿往那暗影里去，做个闲观者，落得清静自在。有时闲观者也要不得，情愿退回自己的小屋子，跟小花小草为伴，享受寂静和孤独。

并不感到孤单。是清减下来，纯粹起来。欲求少了，烦心事也就少了，食也香，睡也香。一两个朋友，偶尔来坐坐，不聊世事，不评说谁是谁非，只说说花草，说说书籍、音乐、茶和糕点。养一只叫小欢的小猫。能将就着用的东西，绝不丢弃浪费。可有可无的东西，哪怕再高档名贵，也不会带回家了。要那么多你来我往做什么呢？要占着那多无用的东西做什么呢？不贪了，回头了，回到小孩子时光，守着一堆沙，也当是珍宝，能兴兴乐上大半天。

清冷的月夜，独自去赏梅。一人，一弯月，一树花，够了。无须再呼朋唤友了，耐得住寒寂，守得住日月了。

午后时分，对着一堆颜料，在纸上细细涂抹。不急，慢慢涂。用浅蓝打底吧，我画案几上插花的瓶子，落满阳光碎瓣儿的书籍，扎头发用的发圈，盘子中吃了一半的水果。真静啊，静得灵魂滴出水来。在那水里面养鱼吧，长水草吧，长莲和荷吧。

也能饶有兴趣地看一棵风信子生长。从小球球开始，每天对着它说说话，赞赏它生长的勇气。一个月后，我看到它的芽芽终于长出。又一月，我看到它打出了花苞苞。再一月，我看到一捧的粲然，朝向我。它开花了！它成功地开花了！我仿佛第一次见它开花。快乐。是真心的快乐。

也特恋旧物旧情。偶然间翻到一帧昔日的老照片，和抄写用过的笔记本，欣喜万分。回老家，看到落满尘的暖脚炉，是祖母的陪嫁物呢，从前，不知暖过多少回我们的小脚心。宝贝样带回，在里面装炭火，看着那一簇火星子明明灭灭地跳着，幸福得眼泪都快流出来了。真好啊。

食也简单了。只做那家常菜。一道雪菜炖豆腐，天天做着吃，吃不厌。从前的苦日子里，那是最美的佳肴。

穿也简单了。爱上棉布的、宽松的衣，蓝色是主打色。靛蓝的、浅蓝的、灰蓝的、粉蓝的、藏蓝的，我穿着这样的衣回老家，我七十多岁的老妈看我半晌，忽然笑起来，说，梅啊，你穿得真朴素。我很高兴，我在我妈的眼里，终于还原成一株庄稼。

想开了。放下了。删繁就简了。终从那大红大绿中退出来，成为蓝，收敛起所有锋芒，只做那一泓湖水，静静淌。

## 一枝疏影待人来

:

一枝疏影待人来，是写梅的，寒梅。

寒冬的天，下过一场雪了吧？应该是。

雪映梅花。梅花照雪。两两相望，都是直往心里去了的。

视觉与味觉在纠缠。白，再也白不过雪。香，再也香不过寒梅。

雪没有什么人要等。

它是无拘无束自由身，想飘到哪里，就飘到哪里。想在哪里落脚，就在哪里落脚。它有本事在一夕之间，让整个世界彻底变了模样，银装素裹，别无杂色，只剩它一统天下。——雪是很有能耐闹腾的。

寒梅却静，天性使然。说它是谦谦君子，又不太像，它讷于言，也不敏于行。

作为一棵树，寒梅是早已认命了的吧。被人栽在哪里，哪里就是它的一生之所，它再也挪动不了半步。——除非它是南美洲的卷柏。

卷柏是会追着水走的。当卷柏在一个地方待得不耐烦了，觉得土壤再不能给它提供好吃好喝的了，它会拔脚就走。让身体蜷缩成一个圆球，滚呀滚呀，直到滚到它满意的地方为止。卷柏很有点泼皮无赖的样子，你待它再好，它也能一刀斩断情缘，不留恋、不叹息，连稍许的回头，也没有的。

寒梅做不到。寒梅传统得近乎固执，它独守着它的家园，直到老死，直到化成灰，也不会更改一点点。

寒梅心里能做的梦，也只是，在最好的年华，等着你来与它相遇。

它只能等。它的生，就是为了等。

百花萧杀之后，它登场。这是寒梅的小聪慧。要不然又能怎样呢？百花之中，它算不得出色的。貌相实在平淡，牡丹、芍药、荷和秋菊，哪一个都比它张扬。即便是用香来比拼，香到骨子里了，也还有桂花呢。也还有茉莉呢。也还有栀子呢。

天寒地冻里，百花让位，它才是独香一枝，貌压群芳。

这该积蓄多大的勇气啊！为了博你流连，它拼上它的全部

了。你惊讶于它的顽强，用冰清玉洁等词来赞美它，你却看不到，它的心也冷成一团的呀。寒气刀子似的，割着它的每一寸肌肤，它竭力装作若无其事，端出一脸的好模样，笑着。开呀，开呀，把心也全给打开来。

且香，且媚。且媚，且香。一生的好年华，原也经不起等的，风一吹，就要谢了呀。

心里真急，亲爱的，你来，你快来呀，你怎么还不来！

世界那么寥廓。花香那么寂静。是深宫女子，待宠幸。

有人说，凡尘里最大的不幸，是相遇之后被辜负。寒梅却说，不，不，是没有相遇，就被遗忘。连梦，也做不得。连回忆，也没有一点点。这才叫残忍。

淡的月光，给它描上象牙白的影。它是二八俏佳人。它等，它等呀等，等你来。有时会等到。有时等不到。生命原本就是一场寂然，这也是没办法的事。

然，可不可以这样理解：它在等你的时候，你其实早已在寻它。溯游从之，宛在水中央。——你不过走慢了那么一小步，它在它的生命里，已完成了最美的绽放。你眼睁睁错过了，是怎生的后悔莫及，你不想辜负的呀，不想、不想呀。

就像小时，你盼娶新娘，有热闹可看，有喜糖可吃。是那样的喜洋洋，世上的好，仿佛都聚在那一时、那一刻了。偏着你们那里的风俗，娶新娘都在夜里进行。你等了又等，最后实在困得不行，你上床了。临睡前，再三跟大人说，到时记得叫醒我呵。

一觉醒来，天已大亮，人家的热闹早过，门前一地的鞭炮红屑屑。新娘子的红盖头早掀过了，新娘子亦已换上家常的衣裳，客走人散。你跺脚大哭，哭得委屈死了。他们不等你，他们竟然自己就热闹过了。你为此遗憾伤心了好些年。

## 蟹爪兰

——

·
·

一入冬，我的蟹爪兰们就准备着开花了。

它们紧锣密鼓地忙活起来，急急地，在那些低垂下来、类似于螃蟹脚爪的茎叶顶端，镶上一粒粒可爱的"小珠子"。我猜想，原先它们一定把那些"小珠子"藏什么地方了，不然，何以那么短的时间里，它们就能全部镶嵌到位？简直是训练有素。

然后，你眼见着那些"小珠子"跟吹气泡般的，膨胀起来，膨胀起来，花骨朵渐渐成形。那些花骨朵实在好看，粉妆玉雕般的，有点类似于荷花含苞，只不过要小巧玲珑得多了。

每一个花骨朵里，都端坐着一个娇俏粉嫩的小女儿，直直粉到你的心里去，你要加倍地疼着怜着才是。看着它们，总使人轻易就能高兴起来、感激起来，觉着，世间有这样的花在，诸事都可以原谅，万般都是好了。

花说开，也就开了。从里面横空出世的，果真是一个娇俏粉嫩的小女儿。只见她眉眼儿低垂着，粉衣粉裙微张着，像是刚换上去的，就要登台跳舞了，有些害羞，有些小紧张。

再一朵开了，也是这般的一派娇羞。再再一朵，仍是这般的一派娇羞。它们也不吵，也不闹，一个接着一个，排着队，安静地候着。不像有些花，一开起来就不要命，争先恐后忙忙乱乱，好像迟了一步，就赶不上了似的。烟花一般，"嘭"一下，燃了，灿烂了，然后，灰飞烟灭，来得快去得也快。蟹爪兰不同，它们似乎很懂"惜"，惜己惜人惜光阴，表现得很有教养，叫人敬重。

生命唯其珍惜，也才有了厚度和质地吧。花慢慢开，我慢慢赏，我今天赏一朵，明天赏一朵，这么赏着，一个冬天，也就过去了。

我的朋友们也养蟹爪兰，却告诉我，少有能成活的。他们看到我的蟹爪兰养得这么好，纷纷问我讨经验。我却惭愧着，因为实在没有任何经验可以奉送。我待它们，并没有一点点特别之处，我基本上是放养，肥也不施，虫也不治，也没换过土，只偶尔浇点儿水，一切听凭它们自己做主。

说来也是奇怪，我养别的花，也都养不好。茶花、杜鹃、扶桑，无一例外，都被我养死。连最好养的太阳花，到了我家，也都活不长。文友大福曾送我一盆海棠，那是来自他青海老家院子里的。他拣了长得最好的一盆送我，叶阔，花密，看上去相当的神采飞扬、精神抖擞。大福说，这花命贱，好长。我开心地把它请进我家，没几天，它竟叶也枯了，花也萎了，最后，连根都烂了。我至今没敢告诉大福，他送我的海棠死了。我怕他难过，自己也觉得难为情。

但我就是很能养蟹爪兰，一盆接一盆，且都长得欢天喜地眉飞色舞的，让我颇有成就感。最年长的一盆，玫粉的，跟了我近十年了。

花与人，原也是讲究缘分的。

## 被春恼

·
·

　　春天，真叫人舍不得，一万个的舍不得。

　　舍不得那些树。舍不得那些草。舍不得那些花。舍不得那些水。舍不得慢慢爬上墙的绿。舍不得吹过来的细软的风。

　　吹得人的骨头都酥了。

　　走在春天里，总有幸福不期而至。眼睛随便瞟向哪里，都有一团的好颜色相迎，倾巢而出，四野惊动。

　　春天，是神赐给众生的恩泽。不分贵贱，无论强弱，不偏不倚，绝对公平。

嫩，是嫩得不能再嫩的。艳，是艳得不能再艳的。万亩春风，一点一点，染绿万亩河山。冷不丁的，你就撞到一河的碧水，噙着一树桃花的影子。有小鱼，从花树的影子间穿过，像潜入水底的燕子。它们有它们的秘密要说。你站在那里，悄悄看，似一个偷窥者。

油菜花最不拘小节。它们成群结队开得，离群独处也开得。乡下开得，城里也开得。河畔开得，砖缝里也开得。你路过一个小区，小区的围墙根，散落了一些碎砖头。平日里也不大留意那里，这时候，砖缝里，居然钻出两三棵油菜花来，一身的珠光宝气，黄得耀眼。似乎把家底儿全给兜出来了，不藏不掖，仿佛在对着一个世界说，来吧，来吧，我有的，全都给你。你看着那几棵油菜花，微笑，你心里面有感动。你知道它们一定是从乡下跑来的，该是从去年夏天起，就上路了。一路上，一定吃了不少苦。风送一程，鸟送一程，雨也会送它们一程吧。你从小在乡下长大，你懂它们。

垂丝海棠开得最是天真，照见赤子之心。那些小花朵头挨头、肩并肩，仿若一群小稚童，坐在树上，好奇地打量着这个世界，清澈的双眸里，映着明净的天空和云朵。

人家的花坛里，不知何时落下的一棵香菜，也顶着满头的碎花了，素净的白。月季、虞美人、二月兰、鸢尾也都争相开了花，无一不用尽热烈。紫玉兰的花，是要仰着头看的。它们开放在枝头，活像一群紫色的小鸽子蹲在那儿，叽叽咕咕，叽叽咕咕，在说着春天的情话。

哎，美啊！你也只能很俗地这么感叹。因为你词穷了，春天最让人词穷。

何止是词穷！春天还让人手足无措，心里蓄着无数想说的话，却又说不出。美得太泛滥了！太铺张了！太不可思议了！好比你本住在穷乡僻壤，守着茅屋清贫度日。谁知一夕间，你竟坐拥锦绣无数。完全跟做梦似的，如何吃得消！

杜甫写春天，一提笔就直抒胸襟，"江上被花恼不彻，无处告诉只颠狂"。想他堂堂一个大男人，也吃不消春天的好了。花开得那等烂漫，烂漫得叫他欢喜得着了恼。身边却无人与他分享，怎生消受！他后来又写道，"报答春光知有处，应须美酒送生涯"，你立即把他引为知己。真想携了酒去，与他花下对酌。他是被花恼，你是被春恼啊。

一只小猫，不过两三个月大小，走路还有点蹒跚。它从围墙的铁栅栏里钻出来，铁栅栏那边，迎春花大捧大捧地开着。小猫看见人，不害怕，主动跑来跟你亲近，仰着小脸蛋，喵喵叫着跟你打招呼。你蹲下身抚摸它，它很信任地躺下来，任由你抚摸。生命的最初，是一个春天来相见，不设防。

两个稚童，在一棵花树下玩耍。冬寒去了，他们很像刚钻出土的小草，小胳膊小腿的，灵动活泼。他们在玩一辆小童车，这个坐上面，那个牵着走。过一会儿，他们互换一下位置，那个坐上面，这个牵着走。就这么玩着，没完没了，却兴致不减。

有意思吗？你或许觉得无聊。可在小孩的眼里，没有一桩事，不是庄严而有意思的。没有一个时刻，不是庄严而有意思的。你突然的，好想变成他们，那么无忧无虑地玩耍一回，任暖风吹过，任花瓣落在身上。

一对老夫妇迎面而来。老先生的脚一拖一拖的，明显的走路不稳。老妇人牵着他的手，一步一步，慢慢走在他身边。他们的步调，惊人的一致。你站到路边，目送他们。他们走过一棵花树去，再走过一棵花树去。春天的阳光，晃花人的眼。

## 春风沉醉

春风初刮起来的时候，也是急吼吼的，呼哧，呼哧。把刚刚开好的几树梅花，吹弹下无数的花瓣，撒落在刚刚返青的草地上，格外的红艳，像是谁特意布下的布景。

然刮着刮着，它就软了骨头。

满世界的珠翠摇红，如美人青丝飘拂、长袖曼舞。它实在吃不消这等温柔。

轻呀，再轻些呀。

暖呀，再暖些呀。

它不知不觉收敛起脾气，最后软化成水。

春雨下着，万物萌动。

以柔克刚，原来是这样的。

他是粗人一个。年少时，街上一帮小混混里，他是他们的头儿。走哪里，都跟只螃蟹似的，横七竖八着。街上人一提到张家老二，就都摇头。

父母骂过、打过，但成了型的钢，想扭转，难。闹得最凶的一次，父母去求警察，把他收去教育。警察苦笑，你们的儿子也只是好斗好勇，但哪一样都挨不上法律的边，抓不了他的。

他就这样长到二十来岁，留长头发，穿花衬衫，嘴上成天叼着支烟，吊儿郎当的，在街上游手好闲着。

然后，就遇见了她。

她是山东来的，租了他家的房，在他家楼下卖炒货，瓜子、花生、蚕豆，一袋子一袋子摆着，喷着香。他带了两个小喽啰，一摇三摆地下楼来，抓起她的瓜子就嗑，一边嗑，一边挑剔着，说，都炒煳了。扬手一抛，一把瓜子撒了一地。

两个小喽啰也学他的样，说，煳了，煳了。嘻嘻笑着，抓把瓜子就往兜里揣。他转身，正要扬长而去，抬头，碰上她的眼。那双小鹿一样的眼睛，清澈，蓄着两汪湖水，很温柔很淡定地看着他，微带着一丝嘲讽的笑意。她朝向他摊开手，说，给钱吧，三把瓜子算你们半斤好了，五块钱。声音不高，但坚定。

他一时慌了神，怔怔的，脸上涸上了红晕。迅捷表现得又恼火，又讪讪，给了两个小喽啰一人一拳，低声喝道，谁让你们随便拿人家的瓜子的！赶紧掏出五块钱，递过去，说，对不起啊，我们闹着玩的。

街上人本是等着看热闹的，觉得这次他非要闹上一场不可，不掀翻掉整个炒货摊，就算是这个姑娘的造化了。大家都替姑娘惋惜着，租谁家的房子不好，怎么租上这个混混家的了。

然这个混混这次非但没发作，还当场给她道了歉，爽快地掏出五块钱赔了。一街的人纷纷议论，大跌眼镜。

不久，他跑去剪掉长头发，并戒了烟，回家跟父母说，他要好好为人了，想买辆货车跑运输。

父母喜不自禁，双手合掌，喃喃道，感谢菩萨保佑，终于让我儿开了窍呵。他们凑足资金，给他买了辆货车。他很快跑起运输来，跑得稳稳当当的。每回跑完运输回来，他都首先跑去向她说一声，我回来了。他在她跟前，很腼腆地笑，温顺得像只小绵羊。与从前的张家老二，判若两人。

他和她，相爱了，结婚了。她不许他再跑运输，认为那很危险。他二话不说，卖了车，在街上盘下一家小店，专门修理摩托车电瓶车。有小混混再来找他去喝酒，他一口拒绝，说，老婆要骂的。她站他身边，也只是不言语，低头笑。他看着她，也笑，一副春风沉醉的模样。

天地万物，原是一物降一物的。

## 花意已在

偶然间看到一幅国画，刊在报纸一角，黑白印刷，不很清晰，题为《花意已在》。

我被"花意已在"四个字打动，不由得多看了两眼那幅画。画上叶子着墨极深，显出叶子的肥厚蓬勃。花枝斜倚其间，像犯了春困的女子，慵懒地倚着窗。上托大朵的花，花瓣张开，只争朝夕。似菊，又似蜀葵，还类似于一种叫木芙蓉的植物。我探究半天，不能明了。觉得花就这样开着，已是很好，又管它是什么花呢！这是画家的高明，有时他们着墨下去，就在于像与不像之间，这才有了意味。

花上题诗："花生初咫尺，意思已寻丈。一日复一日，看看众花上。"读着，很有几分闲趣。诗后面，隐着一个爱花之人哪。爱是爱到十二分的，从花初生，到花怒放，他频频相顾，竟无一日落下。

这首诗是宋代文人吴子良所作。他的老师叶适曾夸其"文墨颖异，超越流辈"，可见他的才华何等出众。人生却大起大落，一度辉煌过，高中进士，仕途坦荡，后因开罪当朝权贵，被罢官职。他回到乡下闲居，在屋前屋后，遍植葵花，一日一日前去照拂。葵花慢慢长成，清风好日，花意已在，心随花喜，他的日子反倒变得洁净有趣，"复得返自然"。——或许，这才是上苍对一个人最大的眷顾。

吴子良留存下来的诗作并不多，仅存两首半。其中就有这首《葵花》。可是，够了，如同赏花无须多，只需三两枝。花意已在，也就足矣。

这几日，我也变得洁净有趣起来。冬日清寒，气温一降再降，万物早已凋落成荒凉，却独有一种植物，刚刚苏醒般的，活泼活跃起来。清冷的大地，因了它，有了温度和欣喜。对，它就是蜡梅。天气越寒冷，它越发地活泼活跃，掉光叶的枝条上，爬满了密密的"小疙瘩"。小区里长有几棵，我们下班，路过。那人看一眼，突然惊喜道："啊，蜡梅打花苞苞了！"我只管抿嘴乐，我当然知道，早几天前我就发现了。那会儿，那些花苞苞，还跟小米粒似的，粘在枝条上，与枝条浑然一体，

谁也不曾留意。

　　接下来的日子，只要一得空，我就情不自禁跑到它们跟前去，看瘦瘦的枝条上，那些奇迹般的"小疙瘩"，像调皮的小虫子，怀揣着一肚子的小秘密，爬着、挤着、闹着。我站在边上，等着它们中的谁，再也禁不住了，率先"扑哧"一声，把秘密说出来。蜜黄的颜色，也将跟着流淌出来。我知道，一个"小疙瘩"，就是一张美娇颜，里面有着蜜黄的甜、蜜黄的香。

　　我就这么看着，心里欢喜。花意已在，日子里充满期待，再多的冰天雪地，又有什么难耐的呢？

光阴慢

　　我坐在桌边，安静地看着书的时候，突然想到"静好"这个词。

　　这是仲秋的上午，有一窗子的阳光。天上的云，是难得一见的纯白，挤挤挨挨着。跟瀑布跌落在岩石上似的，溅起一大朵一大朵雪白的浪花儿。楼下小径旁的栾树，开了大捧的细花，浅翠的，淡黄的。我心里有雀跃，用不了多久，它们又将擎着一簇簇红灯笼似的果了，亮丽闪耀，不分白天黑夜地照着。我出门，或是回家，便都有好颜色相送相迎。

草地上的几棵桂花树，也开始播着香了。别看这花模样细小，文静着、害羞着，甚至有些怯弱，像未曾见过世面的小女子，一颦一笑里，都藏着小心。事实上，才不是呢，它的性子猛烈得很，能量也大得惊人，是那种随时随地，都能捋起袖子，豪气得敢跟男人拼酒的角色。它一旦香起来，那是想收也收不住的，气势磅礴得很有些撒泼的意思了。却撒泼得不惹人厌烦，反倒叫人满心欢喜，宠着、爱着，不知拿它怎么办才好。一棵树，十里香。谁能拒绝它的甜与香呢？再多一些，再再多一些，也不嫌多的啊。是恨不得和它一起撒泼，和它一起醉过去。

虫鸣声也还有。吱吱，吱吱吱，吱吱吱吱，曲调明快、嘹亮。是秋蝉。人替它忧愁着，秋别离、秋别离，生命就要离去了呀。它却一点儿也不愁，照旧叫得响亮亮的。该来的，总归会来。愁是一天，乐也是一天，干脆还是唱着过得好。它知道，有限的生命，实在容不得浪费。

孩子的笑声，跑进耳里来。是他，还是她？每次下楼，我也总见几个咿呀学语的小孩，由家里的老人带着，蹒跚着在空地上玩耍。他们和一朵花能玩上大半天。和一棵草也能玩上大半天。他们专注地看着地上的蚂蚁散步。专注地仰头望着天上的鸟雀飞翔。黑葡萄似的眼睛里，汪着清泉。看到他们，我的心，总会变得特别柔软，忍不住要微笑起来。他们是生长在这个世上的童话，是世界最初的模样。

我看一会儿书，看一会儿窗外的云，任思绪就这样，漫无目的地策马奔腾着，时光便缓慢得很像从前的光阴了。从前的光阴，没有网络年代的光阴，都是这么缓慢而静好的。我和姐姐蹲在屋后的河边洗碗，看小鱼争食碗里的食物碎屑，看它们在水里面比赛着吹小泡泡。一朵一朵的小泡泡，撒落的珍珠似的，在水面上跳跃着、滚动着，四散开来。那是一个一个的小快乐吧。我们总要看得呆过去，看得心里面也泛起一朵一朵的小泡泡。圆的菱叶，浮在水面上。叶下面，有细白的小花。我们等着那些小花结出菱角来呢，等得好焦急呀。今日去看，花还是花。明日去看，花依然是花。哎呀呀，菱角菱角怎么还没结出来呢！祖母又挥着笤帚，在赶偷食玉米粒的鸡。她踩着小脚，绕着场边跑着、怒斥着，像怒斥不听话的我们。鸡却不长记性，一会儿又跑来偷食。厨房的餐桌上，搁着新摘下来的茄子和丝瓜。中午饭又吃蒸茄子了，还有丝瓜汤，百吃不厌。弟弟坐在屋门前的桃树下，在翻一本连环画。那本连环画，已被我们翻得缺了角、卷了边。桃树底下，凤仙花天真烂漫地开了一大片。我们扯上一大把，红黄白紫，都有，捣鼓捣鼓，留着晚上包红指甲。

那些光阴真是慢啊，慢得像荡上天空的一丝柳絮，忽忽悠悠，天空远得很啊。村庄很像一支古老的歌谣，日复一日，弹唱着同样的曲调。熟悉的人，熟悉的物事，天天都能见着。简单的心，简单的欲求，世事莫不静好，真真叫我怀念得有些心碎。

## 雪白的雪

·

我所在的小城，已下了好些天的雨了。天气一日冷似一日，隆冬就候在不远处。听说北京在下雪，雪像小米粒。一个南方的孩子，在北京一家杂志社做编辑，看到雪，欣喜得不得了，忙折回去拿伞。等他走出来时，才发现，路上竟没有一个人撑伞的。要挡着雪做什么呢？他在电话里告诉我这些，语调里，有抑制不住的兴奋。他说，蛮有趣的。

那满满的趣味儿，就穿越凉凉的空气，千里迢迢抵达我这里，以至于我能清晰地听到他的笑，看到他眉毛上扬的样子。

快乐是能感染人的，因他快乐，我也变得快乐，我的身边，好似也在下着一场雪了。

文友L在河北。她告诉我，她那里也下雪了。雪大，铺天盖地。我说羡慕。想象里，有一大片雪的原野，雪似硕大的花朵一般开着。银白、粉白、纯白，怎样的形容，才可配得上那白？干脆，还原为它本身吧，就是雪白。雪白的雪，一望无际。是凝脂，在月下泛着银色的光。

童年的小铜炉呢？那是祖母的陪嫁呀，古铜色，上面泛着青幽幽的光。大雪的天，祖母必把它捧出来，到灶膛里挑一些尚未燃尽的炭灰。炭灰里，星星点点的小火星，调皮地眨巴着小眼睛。我们脚上的棉布鞋，在雪地里奔得湿湿的。母亲看见，是要骂的。哪里理会她的骂，我们照旧在雪地里疯玩。祖母却是一贯的好脾气，她装好小铜炉里的炭灰，手拢在蓝色的围裙里，倚着门，笑眯眯望我们。我们的雪人堆得差不多了，祖母就去拣上两粒黑豆，又切了胡萝卜头，帮我们给雪人加上眼睛和鼻子。祖母出身大户人家，她的记忆里，有她的一场又一场雪。祖母说，我小时，比你们还疯呢，把雪揉成雪团放到被子里，你们婆老太一掀被子，哈哈，一摊水。这让我们惊异，雪白的雪，只我们有，怎么祖母也有？还有，我们可以那么顽皮，祖母怎么也可以？年幼的心，原是不懂得岁月轮转物是人非的。

奔累了，祖母暖暖的小铜炉等着呢，雪地里奔湿的脚和鞋，一同放到铜炉上去烤。不一会儿，脚心开始冒出热气来，腾腾地往上窜，脚板变得痒咚咚的。缠着祖母讲老掉牙的故事，或讲她小时的事情。这是祖母最喜欢的。祖母讲得十分投入，我们却听得心不在焉，一颗心，早又飞到外面的雪地里去了。小孩子的心，原是坐不住的，我的祖母当然明白这点，但她还是很投入地讲啊讲啊，直讲得她的眼睛鼻子嘴唇都柔软下来。

印象里，小时的冬天，是一场雪覆盖着一场雪的，落不尽。现在的雪，都落在北方。或在一些高原上。就是北方或高原上，雪也下得渐渐少了。有天偶然看到一篇文章，说乞力马扎罗山上的积雪，也渐渐化了，再看不到白雪覆顶的样子。我在云南时，慕名去看那里的玉龙雪山，一路上，导游不停地打招呼，说夏天很少见到玉龙雪山的雪了，若是冬天，或许可以看到一点。当我们到达那儿时，意外见到云影中的一点雪白，像一朵云不小心落下来。大家欢快的心，都要跳出来了。导游也高兴异常，他说，你们是贵人啊，能看到玉龙雪山的雪，真不容易的。这份快乐，让我们持续了好些天。

L说，她那儿许多麻雀雪天里找不到吃的，正到处打家劫舍呢。哦，成群的麻雀呀，可怜的小家伙！鲁迅笔下的少年闰土，最喜在大雪天捕鸟。那会儿，沙地上落满雪，他扫出一块空地来，在上面用短棒支起一个大竹匾，撒下秕谷，等着鸟雀们来吃。鸟雀们果真来了，他只需远远地将缚在棒上的绳子一拉，那些鸟雀就全罩在竹匾子下面了。

想着那些小鸟，该是早知道那个大竹匾，本就是一陷阱，却心甘情愿一头坠进去。对小鸟们来说，这原也是没有办法的事情，与其在风雪中饿死，还不如自投了罗网，兴许还能挣条活路呢。都说民以食为天，鸟也是以食为天的啊。

年　画

过年的章节里，张贴年画，是不可或缺的一章。

年还隔得老远哪，那老街上的年画摊子，已陆陆续续摆开了。祖父每隔几天，就要上街一趟。他也不急着买，只背着双手，在那些年画摊子中间，来回转着、看着。老寿星逗仙鹤、小胖娃娃骑鲤鱼、牡丹花上彩蝶舞，再来一幅喜鹊闹红梅，这几样，年年都有。没有谁会嫌着重复了，会厌烦了这些个。像是走惯了的乡间路、种惯了的那些庄稼，它们好好在着，一日一日陪伴身侧，才叫人心安。

那时，现实的愿望，简单、直接，带点童话色彩。花开富贵，年年有余，添福添寿，便是无限的好了。土墙上揭去贴旧了的小胖娃娃骑鲤鱼，换上一幅新的，还是小胖娃娃骑鲤鱼。拜年时，随便跑进路边一户人家去，墙上的年画，都相差无几，全都一副喜洋洋簇簇新的好模样。

我和我姐渐渐大了，有了自己的审美观。祖父买回的老寿星逗仙鹤，或是喜鹊闹红梅，我们不那么喜欢了。我们攥着平时积攒的零花钱，自己走上二三十里地，跑上老街去挑年画。年脚下的老街，像架在熊熊火堆上炖着的一锅八仙汤，噗噗噗的，只管一个劲地闹腾着，热气弥漫。各色糕点，摆满了一条长街，香和甜，厚棱棱的，粘着人的脚。最是那做糖人的，勾我们的魂。只见做糖人的中年男人，手握小小一支细竹签，上挑一缕红薯丝，迅速地七绕八绕，手持金箍棒的孙悟空就跳出来了。再绕一绕，英姿飒爽的穆桂英，骑在马上。再绕一绕，一只小鼠，在东张西望，尾巴翘得高高的，活灵活现。有小孩子在边上叫，给我变出一只小狗来嘛。中年男人也不看他，答一声，好咧。手并未停下，顷刻间，一只小狗已在摇头摆尾。

民间才出真正的艺人，这是多年后我的感悟。那时，我还不懂艺术，只道神奇，在一旁一看就能看上小半晌。很想买上一个糖人带回家，不为吃它的甜，只为观赏。但口袋里的零花钱有限，我们还要买年画的。

卖年画的摊子，占满了另一片街。远远望过去，天上地下，花花绿绿，彩色的河流般的，浩浩荡荡。我和我姐，像两条小鱼似的，一头没进去，不知先看了哪一幅才好。我们一个摊子一个摊子看过去，再看过来。仕女图是我们最喜欢的，画上女子，眉目含烟，唇如樱桃，头上盘两个发髻，上面随意插几朵小菊，长裙曳地，淡淡笑着，风姿绰约地立在一丛芭蕉旁。真正是美极！我姐指着画上女子说，回去，我也给你梳这样的头。我嘴里应着，哦。心里欢喜，欢喜得不要不要的。我姐也真给我梳过那样的头，上面横七竖八插满了小野花。我不知害羞，顶着那样的头跑出去，从村子东头，跑到村子西头，看见的人都停下来笑，指着我说，哎呀，这丫头，这丫头！

挑完年画，已到黄昏。红彤彤的夕阳，像粒糖果似的，就要化了。我们这才感觉到肚子饿，也才感觉到惊慌，回家还要走上二三十里地的。我们没有钱买吃的了，只好饿着肚子上路。一路上，我和我姐轮换着拿年画。我们不时展开画来看，画上女子，眉目含烟，冲我们淡淡笑着。想到这么漂亮的年画，将贴在我们家的墙上，我们不觉得饿了，脚步也变得轻快起来。

第二辑

# 四季小帖

我心怀祝福，我只愿世间所有草木，都能按它们
自己的样子生长。

## 春日小帖

———

:

### 福　报

春天，随便走走，也就能使人高兴起来。

怎么会不高兴呢？你会对着婴儿般的芽苞苞生气吗？你会对着茸茸新生的绿生气吗？你会对着千朵万朵的花生气吗？一切都是初见，洁净鲜嫩，彬彬有礼。

春天，叫人心不设防。叫人昏昏欲睡。叫人如痴似狂。叫人想醉饮一场。对着春花，对着春绿，对着春风，对着春水，对着春月，对着春雨，对着春阳……哪一个，都让人有吟诗作对的冲动。

春天，叫人想再谈场恋爱。新生、欢聚、绽放、燃烧、深情、思念、艳遇、花团锦簇、姹紫嫣红，这些词，都是属于春天的。

哦，想你想到草绿了。

春天，又最会闹腾了。一会儿和风细语，杨柳依依，温柔可人。一会儿却风啸水冷，竖眉瞪眼，甚至做泼妇状。——"倒春寒"来了。

你却对它恼怒不起来。

世人对于美的事物，往往都无比的包容和好脾气。即便它是撒娇耍泼的，也能在那撒娇耍泼里，看出可爱来。

就像这会儿，我们的窗户被风拍得嗒嗒直响。这个春天，它的脾气真是反复无常。我没有生气，他也没有生气。我们笑嘻嘻地望着窗外，商量着周末去临海农场看菜花，顺便把沿途的花都看一看。

花都开好了。

也不去感怀人生还有几场花事可遇。能遇上一场，就是一场。至少，这个春天，我安坐其中。

一切的花开草绿，都是福报。


### 桃　花

遇见桃花了，在一条小河边。

　　小河在城中央，南北走向，河边杨柳点翠。一树桃花，夹杂其中，巧笑嫣然，实在妖娆。

　　然，南来的人，从它身边匆匆走过。北往的人，从它身边匆匆走过。很少有人为它注目、惊喜、逗留。

　　人太忙了。

　　又或是，在春天，遇见花是顶不稀奇的一桩事。花多，多得泛滥，多得不值钱。正如钱钟书所说，屋子外的春天太贱了。既是贱着，被薄待被漠视，也就成为理所当然。

　　人不知道，人生的拥有，其实都是有定数的，你丢掉一个，也就少掉一个。错过一季，就是错过一生。他年纵使有幸再度相逢，你已不是昔日的你，它也不是昔日的它了。

　　我为它驻足，微笑看它。桃花照水，如美人临镜。水映桃花，红晕洇染，鱼嚼桃花影。它当绣在女儿家的嫁衣上的。世间美景里，我推崇这一幅。

南宋韩元吉以桃花打底，写过一个凄婉的爱情故事。我喜他开头两句："东风著意，先上小桃枝。"东风偏心了，不挑梨，不挑李，率先挑了桃。弱水三千，只取一瓢。爱的忠贞不二是从相遇起，就注定了的。

桃也当得起这份爱和宠。一树花开，比云霞更绚烂，哪一朵，都好得不能再好，多一瓣嫌多，少一瓣嫌少，它就是那个样子，它就派那个样子。颜色也是深浅合宜，粉里带艳，艳中着粉。花香也是淡淡的，是果实的清香，只属于桃的。

白居易也是喜桃花的，特意去赏。村南数枝，花开寂寂。白先生着实为桃花叫屈，感叹它知己太少：

> 村南无限桃花发，唯我多情独自来。
>
> 日暮风吹红满地，无人解惜为谁开。

一笑。哪朝哪代，总有寂寞无主的花，只等那有缘人。

我采得一枝桃花回。找一青瓷瓶子，净水半瓶，插上。天光云影，鸟语花香，仿佛都到得这瓶子里了。

## 四　月

四月是我的生辰月。

生我前，我妈还在地里扯青麦子。饥荒年代，春天最叫人发愁。河水解冻了，花儿开了，草儿绿了，也是萌萌生机一片。可是，在人的眼里，那些花里面草里面，都伸出无数双饥饿的手，一个劲地讨要，给我点吃的给我点吃的吧。

青黄不接啊。

我在我妈的肚子里闹腾，让我妈日夜不得安宁。我妈知道，我是饿的。她去地里扯青麦子，回家打"嫩嫩"（打"嫩嫩"是民间独创的一种食物做法，取了青麦粒，辗碎，炒熟，揉成团）充饥。

我"吃"了"嫩嫩"后，当天夜里，就来到了这世上。

我爸见又是个女娃子（我上面有个姐姐，姐姐当时已三岁），不是太乐意，他去我外婆家报信，是这么说的，惠芬又生了个半吨（惠芬是我妈的名字）。

半吨，这么轻视我！多年后，我揪住我爸问那是什么意思。我爸狡辩，说那是夸的意思，是喜得千斤（千金）。

我满月那天，我爸随便给我捏了一个相当大众化的名字：芳。多年后，他亦是不承认他的随便乱捏，他说，芳，是芳香的意思。春天花多么，聚集群香！亦又不知他后来是咋想的，叫芳不过一两年，他就给我改了名字，叫梅。虽也俗了，他却颇得意。因为，当时一个村庄的孩子，叫芳的一抓一大把，却没一个叫梅的。

我每年生日，便都有莺歌燕舞来庆贺。寒冬终于走了，身上的衣服也轻便了许多，真叫人高兴。我编许多花环给自己，脖子上、手腕上，都戴上。我姐也帮着编。那些岁月，虽有艰辛，并不觉得有多苦，就这么，桃红柳绿地过来了。

这个四月，又到生日，桃红柳绿扑上我的窗。不知怎的，我仿佛看到我妈在地里扯青麦子。我决心回老家一趟。

我妈感到突然，她不记得这个日子了。她从前可记得清清楚楚，比我还清楚。离生日还隔着老远，她就打电话叮嘱我，到时一定要下碗长寿面啊。可我妈现在不记得了，等我说起，我妈抱歉得眼角泛泪花，她喃喃说，可不是，今天是梅的生日啊。

妈老了，连这个也记不住了，我妈伤心起来。

妈，没关系，我记住就行了，我拥抱了我妈。

我捧出蛋糕，搬出买回的一堆食物。我在心里说，妈，谢谢你把我带到这个世上，谢谢是在这人间四月天。

门前风吹，麦苗青，菜花黄。


### 小白猫

开会，地点设在一个师大校园里。入住的宾馆，有高高的台阶，一路蜿蜒而下。师大好风光，原是建在一座山坡上的。

我换身家常的衣，素面朝天地出门。完全的陌生地。天空和大地，和树木花草，和路人，皆寂静。

这么安静的春天，宜在画纸上素描的。

一只小白猫躺在台阶上睡觉，睡得很沉。我用手指拨拨它，它懒得睁开眼睛，翻个身，又睡过去了，酣然得叫我嫉妒。一盆茶花开在它身侧，火苗儿似的，在跳跃。

我在偌大的校园里转。花树。绿草。山坡。山坡上有房屋两三间，爬藤植物把绿一片一片镶上去。真是美好。

太阳晃眼。一女孩迎面走来，长长的黑发上，有阳光的碎末子在跳。她向我问路。我摇头，不知。她还是很礼貌地说，谢谢啊。

我也迷路了，却不担心。对于完全的陌生地，其实没有迷路之说的。

坐到一块石头上，听琴声。是谁家小孩在练琴吧，曲子弹得断断续续。放在这安静的景致里，却是再妥帖不过。有钟声忽然敲响，那宁静就穿林入谷般的。我仿佛活在中世纪。

太阳下山，我也终于摸回原先的路。小白猫还在台阶上睡觉，只是又变换了一个姿势。它身侧的茶花，也仍在盛开。我蹲在一边看它，许久之后，它才勉强睁开一只眼，看我一下，复又合上。在它，躺在春天的怀抱里睡觉，是最美的一件事。

我真想也躺到它身边去，和它一样的姿势，就这么，睡过去，尘梦不惊。人生得这片刻，也是好的。

### 欢喜事

之一，经过河边草地，看落红遍地。是绿布上绣红花。窃喜，幸好，没有人来清扫。就由着它们，躺在草地上，做着春天的最后一个梦。

我靠了过去。安静地坐着，什么也不做，什么也不说。也不觉得寂寞，也不觉得空旷。说不出的欢喜。这样的景致，是叫人欢喜的吧。

想起北宋诗人张先。"风不定，人初静，明日落红应满径。"张老先生这么写道。都说他这是在借暮春抒怀，慨叹他年老位卑前途渺茫。我却要说，不，不是这样的。他欣喜的期待，谁懂！一夜风吹，到天明，他推门出来，如我这般，看到落红满径，怎一个惊艳了得！

之二，海棠还在开。真傻。一嘟噜一嘟噜的，满枝丫地挤着拥着。像野丫头。有天性的纯良、率真，不事雕琢。

"野丫头。"我叫。在一树一树的海棠花下走，走过来，再走过去。最后，走得我自己都不好意思了，怕这群"野丫头"要笑我了。

有妇人在一边看我。她停在道旁一棵樟树下，应该看我很久了。

我终于不好意思起来，走开。却忍不住回头，碰见妇人的笑。她还在看我。

我回她一个笑。

不知为什么，心里特高兴。

之三，在城里一堵老墙脚根下，居然看到荠菜。仔细看，果真是荠菜！它是从哪里跑来的？是从我的乡下吗？真是好神奇。

我挖了这几棵荠菜。回家切切碎，烙在糯米饼里吃。真香。

之四，给一个人回信，用笔在纸上写。

春天真宜多写写信。

我写：

亲爱的，见信好。所谓幸福，缘于内心的安宁，与珍惜。生命短暂到用指头数几数，也就没了。所以，我舍不得浪费。而抱怨、生气、烦恼、仇恨等，无疑是在浪费生命、浪费自己。学会宽容，宽容地对待别人、对待自己，你就会无往而不胜。

当你能够彻底放下名利得失、恩爱情仇，你的内心，就足够强大了。

写完后，我摘一朵蔷薇花装进去。春天真该多闻闻花香。愿读这封信的人，心情也会变得香起来。

之五，每回遇到红花酢浆草，我都要停下来看半天。觉得这名字的奇特，亦觉得这花的奇特。点点的红，活像落下满天的小星子。这花最惹小粉蝶。有多少朵花，似乎就能引来多少只小粉蝶。它们闹闹嚷嚷，快乐无限。我看着它们，也很快乐。想，它们晚上住在哪里？是住在花里面么？

以花当床。——这想法，让我陶醉了大半天。

之六，细雨里，撑伞走过一条老巷道。看蔷薇花爬上人家的墙，朵朵生动。烧饼店的炉子上，有热热的烧饼，在冒着香。修鞋的老人，把摊子挪到一方屋檐下。生意清淡，他在望雨。

老墙、人烟，洪荒久远的感觉。我想起民国才女林徽因的诗句：

黄昏吹着风的软，星子在

无意中闪，细雨点洒在花前。


这人间四月天，如何叫人心不柔软！

之七，偷得空闲，跑进菜花地里，摆各种造型拍照。又去樱花树下，捡了一口袋的樱花。

还贪恋着不想回去。这春光，叫人回不去的。

在一块草地上坐了，晒太阳，听鸟叫，看闲书。读到一首小令，喜欢了，存着：


南阜小亭台，薄有山花取次开。寄语多情熊少府，晴也须来，雨也须来。随意且衔杯，莫惜春衣坐绿苔。若待明朝风雨过，人在天涯，春在天涯。


词人真是好雅兴。无论晴天雨天，那春色，是定要尽情享用的。珍惜当下，"莫惜春衣坐绿苔"，这才算不得辜负啊！

# 夏日小帖

.

### 韭花帖

杨凝式的《韭花帖》好，千百年来，被推崇之至，位列天下第五大行书。

我看它，看到的却非字，而是韭花朵朵，散漫又随性地开着。

我想韭了。

那野生生的韭，露天里长着的韭。

还有，那些个青翠欲滴的清晨。

不是春日，不是秋日，是夏日。

夏日韭长。

家家都长。门前的一垄地，拨出两行来长韭，也长别的菜蔬瓜果。韭最好长，沾了露就跟疯了似的，窜着个儿长，绿茸茸的一片。割掉还生——这是韭的最大优点。就跟传说中的聚宝盆似的，放一块金子进去，取出来，隔天，里面又生出一块金子。韭讨人喜欢。

夏夜露水重。晨起，地里的韭，水灵灵的，露珠在上面眨巴着眼睛。这时候割下的韭最好，鲜活鲜活的，吃起来，有一股纯正的韭香。韭香是什么呢？说不好，就是那种韭香，没别的事物好比拟。若清炒了，老远就闻得见那香，食欲立即被吊得高高的。

它的吃法多样。清炒是最简单的，搁点油盐，在热锅里翻炒几下即可。我们从地里劳作归来，远远就闻见厨房里的韭菜香，知祖母又做了炒韭菜了。心里欢喜，步子加快，齐齐奔着香而去。每天吃它，不腻。

它还极平易，跟任何食蔬都能做搭档，绝不犯冲。韭菜炒土豆丝，韭菜炒豆芽，韭菜炒百合，韭菜炒南瓜，韭菜炒粉皮，韭菜炒葵花芋，韭菜炒毛豆，韭菜炒藕丝，韭菜炒鸡蛋，韭菜炒肉片。几乎没一样食物，不可以配了韭来吃。

夏天天热，我们小孩泡在河里，摸上蜗螺和蚬子，清水里煮一煮，拿缝衣针，挑出里面的肉来。家里午饭就改善伙食了，全家人可以高高兴兴吃上一道荤菜——韭菜炒蜗螺，或韭菜炒蚬子。

韭菜摊饼是美味。韭菜炒饭亦香得缠人。韭菜饺子，那是美味中的美味，蘸了醋吃，那才叫好吃。后邻有女人，顶着白花花的太阳，给我家端来一盘子的韭菜饺子。我们兄妹四个的眼珠子，恨不得掉上面了。等女人走开，我祖母数了数，是十六只。她给我们分配，一人四只。我们一边吃，一边羡慕着，她家可以包韭菜饺子哎。多少年后，我们兄妹在老家遇到，还要说起当年那顿韭菜饺子。那之后，我们再也没吃过比那顿饺子更香的饺子了。我们感激后邻女人。只可惜，她后来无缘无故疯了，又无缘无故死了。

韭开花，好看。细碎秀气的小白花儿，缀在一起，像撑起一柄柄小花伞。韭花可以做韭花酱。汉代崔寔的《四民月令》里就有："八月收韭菁捣虀。"杨凝式吃的，当是韭花酱。初秋的天，他午觉醒来，腹中饥饿。朋友的书信忽至，伴着书信而来的，是新鲜的一捧韭花。这真是给他下了场及时雨，他喜出望外。"当一叶报秋之初，乃韭花逞味之始，助其肥羜，实谓珍羞。"——他原也是吃的行家。肥美的小羊羔，佐以新鲜韭花，啧啧，这吃法，人间至味。

从唐末，到五代，杨凝式几番出世入世，生活动荡不安。我猜想，这个时候，他多半处在贫困中，食不果腹，这才有了"昼寝乍兴,辄饥正甚"。朋友相赠的这捧韭花，不只是雪中送炭，还有那浊世中难得的真心与真情。他能回报给朋友的，只有他的字。也只有他的字，才配得上这浓烈如韭花的情谊。这捧韭花，流传千古。情谊是真金。

## 夏日的雨

夏日的雨，果断、豪爽、痛快、酣畅，快意恩仇。

你听得见雷声隐隐响了，你见着一片乌云比一匹马跑得还快，雨一定来了。这个时候，你不要跑，你跑不过雨的。

我有过几次遇雨的经历。在路上走着走着，一阵狂风不由分说刮起来，雨几乎同时抵达，哗啦啦，哗啦啦，瓢泼一般。我拼命跑，想跑到就近的一个站台去躲雨。哪里跑得过？浑身早就淋透了。后来，我笑了，干脆不跑了，在大雨中漫步。夏天的雨，是天然的沐浴，躲什么躲！

小时的夏天，热得慌。被母亲揪去地里帮忙干活，给棉花地锄草，浑身热得血直往头上涌，小脸蛋被晒得滚烫。突然瞥见头顶上飘过一片乌云来，那简直是救星啊。下雨了！欢呼雀跃着就往田埂上跑。那里，竖着一垛垛捆扎好的玉米秸秆，像撑着的大伞似的。我们掏个洞，钻进去，坐在里面玩抓石子的游戏。雨打在玉米秸秆上，嘭嘭嘭，像抢着小锤子在锤。听着，真是热闹！

这么些年了，我还是喜欢听雨。夏日的雨，节奏感最强，是猛汉喝酒，一仰脖子，一杯全都干了！一点儿也不婆婆妈妈。然后，扯开嗓子，高歌一曲。伴奏乐器不是笛，笛太单薄了。不是二胡，二胡太缠绵了。不是古筝，古筝太典雅了。嗯，钢琴还凑合。最好是架子鼓，敲起来，嘭嚓嚓，嘭嚓嚓。

若是夜晚，躺在床上听，窗外雨声喧哗，似万顷波涛翻滚，前赴后继。小居室成了一扁舟，人是躺在波浪之上了。那意境，真是美得不能再美。

雨止，蛙声遍地。似乎满世界的蛙都跑过来了。即便是城里，也在那低洼处，听到蛙声鼓噪，此起彼伏，在雨水里欢天喜地。我顶喜欢这个时候出门，踩着雨点般密集的蛙声，心跟着跳起舞步，一二三四，一二三四。风吹着清凉，空气中，满满的，都是植物的清香，湿润、清新、纯粹，鼻子有福得很。如果遇到栀子花，那更不得了了，花香经雨水泡过，发酵了。吸一口，简直受不了的，心都要被那香吞噬了。

夏日的雨后，还极有可能会碰见彩虹。那一日，大雨后，那人下楼去倒垃圾，突然在楼下惊天动地地叫我。我推开窗伸头一看，他兴奋地冲我直比画，你快看，彩虹！

我抬头，立时屏住呼吸，我怕我的气息，会吹走那羽毛般的美丽。那是虹，一弯，上面缀满了小彩珠，五彩缤纷，镶嵌在明净的天空上。

那日的雨，和他兴奋的叫声，和明净的天空，和天上虹，一起贮存到我的记忆里。什么时候想起，都让我快乐得很。

## 我和他的夏天

我和他，在林荫道上散步。头顶之上，一两颗星子在闪。白天的燠热，渐渐消散。风带着好意，吹来七里花的香。蝉在树上叫唤，声声不休。草丛里，蛐蛐儿在遥相应和。我们并肩而走，步履轻盈，有一搭没一搭地说着话。

好喜欢呀，好喜欢这样的夏天，好喜欢身边有这么一个人。

我和他，去看荷。夏天怎么能不看荷呢！我穿上我爱的长裙，红色的。他穿蓝色T恤。我说我们像情侣呀，我们去约会呀。他回，我们本来就是情侣。

一朵荷娇羞。一朵荷含苞。再一朵荷，奔放热烈。"重重青盖下，千娇照水，好红红白白。"我和他都爱极苏东坡写的这首《荷花媚·荷花》。虽隔着光阴的长河，可爱荷慕荷的心，却如出一辙。人类有些共同情感，永远也不会走丢。幸好不会走丢呢，人类也才变得可亲可爱起来。

我们跟每一朵荷打招呼，为它们的仙姿动容。他举起相机，替我和荷合影。每年，我都会和荷合影一回。相同，又不同。相同的是颗欢喜心。不同的是，今日的我，已比去年老了一岁。今日的这朵荷，也非去年的那朵荷了。却没有多少伤感。每一个日子，用心过，就行了。

我和他，去看海。每年夏天，我们必去看一回海的。

我们跟海水赛跑。在沙滩上，画大大一颗"心"。我送他一颗，他送我一颗。再多的金银财宝，也买不走一颗这样的"心"。

在海边排档吃饭。露天里，摆着桌椅，敞阔透亮。鲜鱼鲜虾，摆了一桌子。我因患一种病，不能吃海货。他却偏爱，因为他从小是在海边长大的，对海，有着深入骨髓的眷念。我陪着他，点了份炒粉吃，喝点红酒，一样的欢欢喜喜。海风吹过来，海浪声追过来，天际一沙鸥。这样的时光，真有地老天荒之感。

我和他，去看一场电影，在午后。

手捧一桶爆米花，坐在冷气吹得足足的影院里。影院里，除我们之外，只有一对小情侣，和一个单身的女子。

看的是什么电影不重要了。我在，他在，时光不老。

也去吃了一回冰淇淋。他不吃，看着我吃，笑眯眯地看着，看我用小匙，慢慢的，一圈儿一圈儿的，把那淡粉的冷和甜，划到舌尖上去。

满足而归。

我和他，各执一把伞，去雨中漫步。

一路说着傻话儿。比如，他的伞，爱上了我的伞。比如，我们最好躺到一片荷叶上去听雨。

雨中走一圈，几乎没遇到人。却遇到了很多的花，夹竹桃、月季、紫薇、合欢、美人蕉和石榴。

石榴算是春天的花，还是夏天的花，还是秋天的花呢？它的花期真叫长，从春到夏，再到秋，源源不断地开着。

"似火石榴映小山，繁中能薄艳中闲。一朵佳人玉钗上，只疑烧却翠云鬟。"我对他念起这首杜牧夸石榴花的诗，笑了。想那杜先生真叫幽默可爱，佳人摘一朵石榴花用玉钗簪到头上，他在一旁担着心，那火红的石榴花燃烧起来，别把佳人的青丝翠鬟给烧掉呀。

他听我讲，也笑了。摘一朵石榴花，簪到我耳边。我戴着这朵花走，黑夜里，我的头上，像点着盏红灯笼。

遇桥，我们在桥上停一停。倚桥吹风。看雨打在水面上，荡开一个一个梨涡。水在笑。

有船泊水上，在对岸。一豆灯光，从船舱里射出，朦胧婉约。想船上人家，也是一般的烟火人生呢。遥遥招呼他们。黑夜里，听不见回音，只有船上的狗，兴奋地叫了几声。一河的水，波光闪现。


院子里飞来一只蜻蜓。

我和他，坐在檐下看。新捡回来的小猫，在不远处，看一会儿蜻蜓，看一会儿我们，撒娇地喵喵叫着。

蜻蜓绕着一个它以为的圈，打着转，盘旋，盘旋。我问，这蜻蜓想干吗呢？是不是想把我们的小院子看个透？

他笑。我亦笑。

时光淡淡的。

蜻蜓终于飞走了。这个世界是这么大，它融入其中，也不过只是一粒微尘。在我心中，却留下了一个很深的印迹——有关一个黄昏，我和他，安静地坐在檐下，看蜻蜓飞。猫在不远处对着我们叫唤。

相守的日子，原是这么平淡。却是血管里的血，流经生命中每一个缝隙，无一处是空白。

想吃烧饼了。

他早早就给我买回来。穿过大半个城，专门到周二烧饼店去买的。小城几家烧饼店，唯周二那家，做得最好。咬一口，满嘴的香在窜啊，终没负我的念我的想。

婚姻里的幸福，其实就是这么的简单凡俗，也不过是那家常的对话：

——今天你想吃什么？我去给你买。

——哦，我想吃烧饼了。

## 八月长短句

八月的梨儿熟了。

去乡下一梨园摘梨。喜欢听梨园女主人说，我家的梨子好。我逗她，怎么个好法？她抿嘴乐，说，甜、汁多、最好。

其实，谁家的梨子不好呢？都甜，且多汁。但她这霸道的一声，我家的。就像说，我家的这个人，是天底下最好的。我喜欢。

八月的绿，是哗哩哗啦的，汪成海洋。蝉在绿里面叫，到处都听到它的声音。八月是绿的天下。八月是蝉的天下。

偶遇露天戏台，一男一女在唱锡剧。

场下站着一些人，横七竖八站着，都盯着台上看。有人骑摩托车路过，已开过去了，却又折回头。停车，一脚撑地上，听，脸上浮上笑。

我站在人群的外围，踮脚看台上那灯火明亮处。女人一袭旗袍，男人一袭长衫，他们并排站着。女人唱完男人唱。男人唱完女人唱。曲调反反复复，也不知他们唱些啥。可是，好听。像从前的时光。

我听了好一会儿才回家，一路走一路高兴。

下午时，突然起风。风大。吹得天上的云，慌乱地奔跑，跑得气喘吁吁的。我希望有一片落下来，落在我家窗口。

月亮又"长"出来了。

"月牙儿——"人们喜欢这么叫。是天空长出牙齿来了么？看着，还真有点像。

但我还是喜欢叫它月"芽"儿。它是一株植物初生的模样，像一棵小小的豆芽。

月亮的种子应该是星星的样子吧？

是谁播种下的呢？

天热，去河边走走。这种大热的天，只能放慢脚步走走。

月亮圆了，丰腴清凉，天空澄澈得一往情深。

看月亮宜在这样的夜晚看，很纯粹、很应景。

河边有船，泊在水上。树在岸边静止着。大大的月亮，掉在水里面。我很想知道，水里面的鱼在做什么呢？

竟然有人在垂钓。真是好兴致。他那是钓鱼，还是钓月亮呢？

下午一场雨，真叫激烈。千万条银索子，从空中甩下来啊，我站在窗玻璃后面看，看得心里高兴极了。我想跳舞。我是蛙变的么？

雨停，踩着水洼，去察看了屋旁长着的那棵南瓜。花朵儿被打落掉些许，却叶肥茎厚的，壮实得很。南瓜不是女儿家，是男儿身。

八月未央。

人便还在八月中了。

八月的花事最多。紫薇的梦，做得最为集中。凌霄花也开得盛。还有一些植物，丝瓜、黄瓜、南瓜，都开着差不多的黄花朵，热闹得一塌糊涂。它们是近亲么？满世界的，分不清了。

荷花也还在开。我去城郊有事，路过一片荷花池，里面的荷花，颜色正当年。心里刹那间有什么汹涌，哦，它居然还在开着花！它不是在等我，可我却自作多情地以为着，它就是在等我，在等有缘人。

晚上，我特地和他逛弯儿过去，隔了一些植物，远远看。月半弯，夜宁静，荷的香气，袅袅的，靠了过来。我说，我不想动弹了，我们就这样，老去吧。

这世界，真的很好。

## 秋日小帖

### 我叫它们花儿

我去离家不远的河边散步。在河边草地上，邂逅到一种花儿，我叫不出它们的名字。

看样子，它们是被人有意栽种到草地上的，做了草地的点缀。一撮红，一撮紫，还有一撮粉白的。每隔几步，就有一撮。每一朵花都有五瓣，不多，不少。花瓣儿相当均匀，边子上打着褶皱，微微卷着，像谁用剪刀仔细裁剪过似的。

我站那里，看了很久，就那么，带着欢喜心看着。天晴晴的，风轻轻的，花儿开得恰恰好。秋也才带点秋意，我穿蓝衫子白裙子，头发随意挽成一束，也是恰恰好。

以前我会很抱歉，为不能脱口叫出一些花的名字。现在我不这么想了，我能遇见、驻足、欣赏，这就够了。我不要追问它们从哪里来，它们又将会到哪里去。我也不会在意，以后的以后，我们会不会再相遇。人生的缘分就在这里，在这点上，在遇见的此刻。此刻，我在，它们在，也就好了。

想起一些夜晚，常点开一个女子的博客看，看她的文字，如一朵朵黑色的罂粟花开。她写她的器物、衣饰，写她的手工、茶和花草，写她的香料、佛经和食物，写她一个人的远行、爱和欲望。她在她的世界里，风情万种。

她从不知我去。我亦不知她的真名姓。我只是这么默默注视着她，赏心悦目着。因有个她在，这个世界，又多出一分妖娆。她是妖娆的，不蔓不枝的妖娆。我不会去问她的名姓，永远不会。就这样，很好了。

就像对待我偶遇到的这些花儿——我叫它们花儿吧。

我喜欢这些花儿。

我心怀祝福，我只愿世间所有草木，都能按它们自己的样子生长。


## 秋　来

秋来，是跟着几滴雨来的。

夜里睡觉，薄被已嫌轻，几番被梦惊醒。其实哪里是？是被秋惊醒才是。早上出门，短衫外，得罩上一件罩衣了。

吹过来的风里，有了轻寒。蟋蟀和纺织娘，蚂蚱和蝉，叫声变得切切，它们的世界里，有了慌乱和不安。

青草的香，却越发地浓了。我不知是不是还该唤它们为青草。事实上，秋已给它们染了色，是长发飘飘的小媳妇，不知不觉中，已梳了髻，做婆婆了。园艺工人推着剪草机，在给路边的草坪"理发"，草香被搅得一团一团的，醇厚得似乎抓上一团来揉揉，就能烙了饼吃。每每这时，我都恨不得跳上去打滚，染上一身草香带回家。

秋来的秘密，哪里能瞒得住花儿们呢？紫薇知道。桂花知道。木槿知道。菊花知道。河岸边的芦苇，秀出了褐色的苇花。茅草的头，也开始白了，雪团儿般的。《诗经》里有"出其闉闍，有女如荼"之句，这里的荼，是指茅花。古人真是开朗风致，拿茅花来比美人。细想想，又觉得再恰当也没有了。茅花一洁白，二柔软，三性情恬淡，四阅尽世态，宠辱不惊。女子若能占上其中一二，都足够美好。

这样的季节，顶适合做些什么呢？哪儿也不要去吧，就坐在家门口，听听鸟叫虫鸣，听听花谢叶落，说的是一场一场的告别。

每一次相遇，都是隆重的。每一次告别，又何尝不是？无论今后见，或不见，有限的生命里，这样的相遇和告别，都是不可重复的唯一。因而，成了珍贵。

## 听 秋

闲来读写秋的诗句：

山明水净夜来霜，数树深红出浅黄。

觉得甚是美妙，手抄之。

秋的色彩，眼见着夺目起来。深红。大红。浅黄。金黄。无论是收获，还是别离，皆庄严华贵得不得了。胡杨、银杏、栎树、枫树、黄栌，哪一样不是披红挂彩的？即便是野地里的野草或茅，也都有了看头。从春到夏，再到秋，多少日月精华凝结其中，积淀深厚着呢。

这个时候，宜远足踏行，宜登高望远。

更宜，静静倾听。

听听那些秋虫呢喃。听听那些花谢叶飞。听听那些果实坠落。风吹稻浪。有人声轻语，搅动了一地月光。

听听月光走过。

河堤上，夜风袭，带着秋的体香，轻手轻脚的，越过一丛芦苇去了。苇花一夕间白了头。

有夜船行驶。噗噗噗的，载着一船的秋。

枯荷几枝，露珠滑落。扑，扑，扑，像是谁的心跳。

是秋的么？

现在，我和秋一起慢下来，时光都是自己的了。

## 太阳花

清晨，我醒来，一朵太阳花比我醒得还早。我去看她时，她已然梳洗完毕。嫩黄的小脸蛋上，映着窗外的一朵朝霞。

我看到她在笑。她踮起脚尖，一定望见了初升的太阳。一定听到了树上的小鸟们，在做晨课，啾啾、唧唧。真是动听。

哎呀，又是新的一天开始啦！她一声轻呼。她应该是这么轻呼着来的。

她摇醒她身边的姐妹。那一个醒来后，又去摇醒下一个。我去厨房下了碗面条，转身再来看时，一瓶的太阳花，全都醒了。对，我是把她们养在瓶子里的。我掐一把，清水供着，她们竟在我的瓶子里生了根。就这么养着，能养一整个秋天。

太阳花的开放，原是一朵唤醒一朵的。——我还是第一次发现。我为这个发现，高兴了好久。

太阳花又名死不了。说的是她的命贱，焉又不是嫉妒她的命大呢！

## 桂花开了

桂花开了！

今年，我本想憋着不说这句的。但到底还是没忍住，我叫了出来。

除了这句，还有哪句能表达陡见到桂花时的惊喜和欢愉呢？

我想不出。

人生不过百年，要剔除掉开始懵懂无知的那十多年，要剔除掉中间纷乱喧闹的那一二十年。这么一剔除，已上了年纪。也只有到这个时候，你前行的脚步，才会慢下来，才能闻见花的香，才能看到被忽略掉的事物，它们原来如此美妙。

是的，桂花开了。

我散步，走过一丛桂花树旁。桂花的香，轻手轻脚地，迎了上来，它偷偷吻了我。

我藏着这个秘密，我心里甜蜜。

到家，我摸摸脸，脸上还有桂花的香吻过的痕迹。

我摸过脸的手指，竟也是香的。

## 秋　叶

叶子的狂欢，在秋天。

憋了一个春，憋了一个夏，就等着秋天来临。秋天，藏着一窖的好酒，要搞庆丰宴，要搞离别宴。秋天，真忙。

叶子们举杯痛饮。不要扮清新，不要扮优雅，不要扮深沉，不要什么浅绿翠绿青绿了，我要大红大黄地穿将起来，唱一曲《霸王别姬》，为自己，醉一场。

然后，远行。每一片叶子，都有一个远行的梦。跟着风走，跟着雨走，跟着水走，跟着太阳走，跟着月亮走。到哪里去并不重要，重要的是走。它们一路走着，一路唱着歌，沙沙沙，哗哗哗。

你不要以为那是别离，是伤感。才不。那只是叶子们新生的开始，它们的心在燃烧。你仔细看，顺着叶脉看，你会看到，每一片叶子，都有一颗斑斓的心脏。

读到一首写秋叶的半残的诗，十分喜欢，抄录下来：


叶子的故事

只有开头

这是一群擅长伪装的精灵


就像一团火焰，等待狂风吹起

就像一块金箔，等待塑造成型

就像一支羽毛，等待孔雀开屏

就像一抹口红，等待约会的邀请

就像一幅山水画，等待浓墨研开

就像一张羊皮卷地图，等待掘宝人的到来

就像一块陨石……

诗没有续下去，我很想替这个人续下去。世界有多少种美妙，叶子就有多少种神奇。

我去捡叶子。

路边梧桐树的叶子飘落一地。枫树的叶子飘落一地。银杏树的叶子飘落一地。还有栾树的、紫薇的。每一片叶子，都自有风姿，红的似焰火，黄的如赤金。它们比花朵更迷人。

有人在清扫。我疼得在心里大叫，不要，不要啊。

我捡起一片又一片。亲爱的，这个秋天，我想每天送你一片叶子。

去森林公园拍秋景。遇见一女孩，女孩是森林里的工作人员。她避开人群，悄声对我说，我带你去一个好地方。我跟着她，从很多棵杉树间穿过，气氛神秘又美好。然后，我们就走到一条铺满落叶的小径。一地的红，细密的，像落了一场红叶雨，美得如仙境。

女孩轻轻说，我不让人扫，我要让它们留在这里。你看，多美啊。

我扭头看她，微胖，眼睛细小，算不得美丽。可又美得那么纯粹。才二十岁出头的年纪，不喧不闹，有颗安静的爱自然的心，真是难得。

## 爱

天气真是晴朗。

小雏菊们开了，在学校的花坛里。白色，黄色，还有一种粉红色。

一种叫天葵的花，老是顶着一张阔大的脸盘，灿烂着。

月季是常开不败的，枝上叶子都落光了，它还在开着花。

桂花虽落了，余香却未了。风过处，有隐约的香气传过来，恋恋不休。

去上课，我走过那些花旁。我从不会忽略它们中任何一朵，我蹲下身去，嗅。我总觉得生命实在太奇妙，那么小那么小的植物呀，居然也开花。而我能做的，就是让我的眼睛，记住它们的欢颜。生命是极认真的一件事，我不舍得浪费一点点。

下课，我又一朵花一朵花地看过来。隔着一排植物，有我高二的学生，一个班的，他们大概刚上完音乐课，从艺术楼里出来。看见我，那个激动呀，一个班的学生都朝向我，齐齐喊：老师好！跟我挥手。我答应了，也跟他们挥手。那边继续热烈地叫：老师，老师！惹得过路的同事，惊奇地站着看，问：你班学生咋对你这么好？

笑。不说话。

我以为，好是相互的。

你爱这个世界，世界才会爱你。

## 月半弯

月半弯，挂在天上。

我去逛街。天凉好个秋。

他问，冷吗？

我答，冷。

于是被他牵了手。他的手又能有多少温度呢？但他就私自以为着，那样牵着，我会不冷。

如果有一个人，能关心到你冷不冷、饿不饿，这个人，定是你生命中的真爱。他或许没有能力让你荣华富贵，但却愿意用他的身躯，为你挡风遮寒。

如果遇到这个人，请你珍惜。


买了橘和葡萄。

买了蜂蜜。他强烈推荐我喝点蜂蜜，说对肠胃好。

家里的锅坏掉了，又买一口新锅。过家常的日子，锅碗瓢盆一样少不了。

看见一只小煎锅，可真是小啊，托手上呢。爱得不能再爱，拿手上把玩，不肯松手。他说，要不，买下它？我乐呵呵点头，光傻笑，不说话。

我要用它做煎蛋煎饼。他笑问，还用它做什么呢？

我答，没想好。

也许，我会逮着什么煎什么。把属于我们的每个日子都放在上面煎，煎得香香的。


一群孩子坐在超市三楼的地板上翻书，那儿卖图书。

我去挑一本《安徒生童话选》。成人的心，也不时需要童话来浸润浸润、浇灌浇灌，才不至变得僵硬。

我走时，孩子们仍陶醉在他们的书中。像我小时，偶尔一次上老街，贪恋地守在地摊书上，看得太阳落山了也不肯归家。

有些感动，莫名的。

想这些孩子长大了，回忆里一定有一页，是与这里的图书有关的。人来人往中，他们安静在那些文字里，像一幅幅静美的画。

出得门来，打一个寒战。夜凉如水，夜凉如水啊。

抬头，月半弯，很好地挂在人家楼房的顶上。

满世界的清辉。

# 冬日小帖

∴

## 冬　阳

冬天的太阳，是佛教里的弥勒佛。

云层也薄。云朵轻得好像没有一钱重。天空是用吸尘器吸过了吧，干净得没有一丝尘屑。也没有风，也没有别的什么阻挡，阳光不摇、不晃，就那么直逼着，一桶一桶地倒下来。厚棱棱的，似乎可以当牛奶舀着喝。

在这样的阳光下，人容易恍惚。几十年的光阴，被这一桶一桶的阳光，腌制成了蜜饯。即便当年困苦艰难，然终究是过来了。过来了，是蚌育珍珠，所有的经历，是为了这一朝重见天日，便都值得感恩了。回忆是酒，容易醉人。

那时的冬天，都有这样的暖阳。地搁着。种子们在睡觉。农人们得闲了，三五成群的，偎着谁家的草垛子，孵太阳。女人们纳鞋底，男人们抽水烟，孩子们钻草垛子。阳光乱飞，像棉絮儿，白花花的。人在说话，也听不清说什么，只觉得有阳光，在人的牙齿上开了花。笑声一浪一浪的。笑声里，有阳光扑簌簌往下掉。

就这么孵着太阳，大人小孩，都孵得浑身冒油了，也就到饭时了。饭时，家家喝稀饭，上面堆一小撮咸菜。脚都不由自主往外走，碗都捧到草垛子跟前来了。还是那样的一群人，有时还会额外增加一两个，大家热乎乎挤在一起，就着阳光下饭。

阳光是可以当下饭菜的。太醇厚了，油汪汪的。

我在冬天醇厚的阳光下，回忆起这些的时候，觉得那段光阴，真如神赐般的。我的村庄，已不复有草垛子和那些人了。

我不敢浪费眼下的好阳光，我晒花晒被子，也兼着晒我。

阳光下的蟹爪兰和风信子，开得不要不要的，整个花盆都被花朵包围了。

我想到心花怒放这个词。花才最有资格心花怒放呢。

当然，有冬阳暖着的人也是。

## 蜡 梅

去看蜡梅。

公园里有。城郊也有蜡梅园。

都是成片成片植着的。

连续的大晴天。阳光如琼浆，只管成桶地往下倒。蜡梅们也都开得差不多了。一树一树，枝枝丫丫，分不清了。花乱开。

我却还是喜欢独个儿的。不要多，只一树好了。开在人家的小院子里。开在人家的窗前。或就开在某个偏僻幽径处。

有些花，不宜太多。太多就乱了，失了性子。如蜡梅，它宜独处，于一角幽幽吐芳。偶尔有雪来造访。也有人来踏雪寻梅。这也才有了寻的乐趣。

好比有些人，不宜喧闹，不宜大红大绿花枝招展。把林黛玉放到怡红院，就很不适宜。她在她的潇湘馆，读她的书，发她的幽思，写她的"罗衾不奈秋风力，残漏声催秋雨急"，这极符合她的性情。很动人，很惹人怜惜。醉卧芍药花下，绝不会是她。那般豪举，只有史湘云做得出。

史湘云是热闹的。如果拿花作比拟，芍药与她最配。独处反倒不宜，她就该大团大团地开，占尽好颜色。

我若有庭院，定会植梅，只植一株。也植芍药，但我会植一丛。


一陌生读者给我发信息，说她下班回家，路过一小区，闻到蜡梅香，淡淡飘散着，甜甜蜜蜜的，心里欢喜，想到你了。

我读之，如情话。

在这样的"情话"面前，我容易沦陷。像冬天被一场雪劫持了，满世界只剩下那颗洁白的心。总有些念想，在你不知道的地方。谁知道会被谁念着呢？这世上，没有人是真正孤单着的。

我又想起一个老太太了。老太太七十开外了吧，穿着也不见特别，是那种常见的花棉袄，就普通一老妇人。我偶遇她，在某小区。那会儿，她正绕着一棵梅树在打转。梅树上，花半开，黄宝石一般的，满枝满枝地缀着。香憋不住，顺着枝条爬，再顺着风溜开去。老太太在那香里面打转，转着转着，趁人不备，攀下一枝来，就往怀里藏。她扭头，见我站不远处看她。她不好意思地笑了，说，梅花呢，香。

我含笑点头。我设想着这枝梅，将开在她家的案桌上。她在屋内走，花香会跟着她走。像她家养的一只小黑猫一样，恋着她。

一个心里装着花香的人，多么可爱。她永远不会老。

## 雪

我生病，一个冬天都躺在床上。

祖母从门外进来，一团寒气也跟着她进来了。祖母手上端着一碗荷包蛋。我生病了，享受优厚待遇，每天下午，可以吃上三只荷包蛋。祖母轻声说，外面飘雪花了。

我撑起头看，雪映着窗户，真是亮。

这个场景，被我记了几十年。我一直想不通，它并没有什么特别的，可我为什么就牢牢记住了？

还有一场记忆，也是关于雪的。

也是生着病。病来得急，村里的赤脚医生治不了，让去老街看。外面的雪花大如鹅毛，陆路不通，母亲就用船载着我，走水路，一篙子一篙子撑着去老街。我从昏迷中醒过来，看见雪花，白蝴蝶一样的，乱纷纷地飞着。母亲的肩头，歇着无数的白蝴蝶。河两岸，皆白，白茫茫的。我不以为是去看病，只感到，我们是往那琼楼玉宇去。

母亲后来每每跟我说，我小时磨难重，几次大病，都差点要了我的命。但我命大，都挺过来了。我倒不记得受病痛折磨之苦，只记得，满世界的雪，都开花了。是雪，留住了我。

我喜欢雪，那是不必说的。谁不喜欢雪呢？没有雪的冬天，是囫囵着的冬天，是不算数的。人间的期盼和惊喜里，雪是独占着一份的。当它从天庭飘飘洒洒而来，每个人的心里，都会燃起一首情诗，那是献给雪的。雪是大众情人。

"画堂晨起，来报雪花飞坠。"——词人一开首就这么写，我喜欢。不用任何的词语装饰形容，只报声雪花来也，就在人的跟前摊开了一幅美不胜收的雪景图。

"开门枝鸟散，一絮堕纷纷。"——不知那开门之人，陡见雪花如絮飞坠，天地一片雪白，该何等意外惊喜！

"落尽琼花天不惜，封他梅蕊玉无香。"——诗人端坐一隅赏雪，心里既欢喜又惆怅，真害怕那天庭之花都落尽了。天不惜，他惜。

最得风流的，还要数明末清初的文学家张岱，每次读他的《湖心亭看雪》，我都羡艳向往得不得了：

> 崇祯五年十二月，余住西湖。大雪三日，湖中人鸟声俱绝。是日更定矣，余挐一小舟，拥毳衣炉火，独往湖心亭看雪。雾凇沆砀，天与云、与山、与水，上下一白。湖上影子，惟长堤一痕，湖心亭一点，与余舟一芥，舟中人两三粒而已……

用这样的情怀来待雪，这才不算辜负。但到底我们还是俗了，做不出张先生这等风雅之举，是为憾事。

这个冬天，雪来了，从早晨起，就开始飘，至黄昏，所有的树木房屋，都给描上了白。孩子们见到雪，乐疯了，雪地里疯跑。又堆了一个大雪人，端端正正坐在一棵蜡梅树下。晚上，我在室内烹茶插梅来应景。我不时听着门外，总疑心有雪人会来敲门，问我讨一杯热茶喝。


## 冰 凌

气温陡降，连最温暖的南方，也逼近零度了。

那人从外面归，说是青菜卖到五块钱一斤了。

我跟那卖菜的说，就算卖十块钱一斤，也是值得的。雪还没融，地里冻着，挖不上来，卖菜的不容易啊，冷死了！他说。

听不到一只鸟叫。连整天盘旋在楼下树上的喜鹊们，也不见了影踪。外头的晾衣竿上，消融的雪水，结成小冰凌，在阳光下莹莹闪光。

新闻里说，这是几十年不遇的寒潮了。

几十年？人生的光景里，又能有几个几十年呢！走着走着，许多的人和事，也便渐渐淡了。某天，它们却以另一种形式，突然出现，让你疏离的心里，泛起涟漪来。这世上，哪有什么真正的彻底消失？也许，一个转身，就又相遇了。

比如，这样的寒潮，一下子让我遇见了小时候的冬。

那时候，天也是这般冷着的，冷得嘎嘣嘎嘣的。洗过脸的水，泼到门前的地上，瞬间被冻住。厨房里的碗筷抹布，上面只要沾着水，没一样不被冻得结结实实的。到水缸里舀水，要拿勺子敲，只一会儿，那上面已积一层冰。家里养的猫钻进灶膛里取暖。祖母生火煮饭，没留意它，它从火堆里蹿出来，眉毛胡子，连同身上的毛，都被烧焦，活脱脱成烤猫了。一整个冬天，那只猫就撑着那副衰相，在我们的跟前晃。好在它也不嫌自己丑，我们也不嫌它丑，它照旧喵呜喵呜，自我感觉良好地冲我们撒娇，吃饱了就钻灶膛。祖母倒是有经验了，每次生火前，先拿火钳子轰它出来。

算算，祖母走了近十年了。那只猫，走了更久了，总有三十年了吧。却在这样的一个冬天，我与祖母和猫，再度相逢。我们都在时光里，鲜活如初。

我拍了晾衣竿上的冰凌，把图片发上微信。我在图旁，配了简短的一行字：

    遇见小时候，阳光下的晶莹。

后面留言者众，都夸我拍的冰凌美。中有一人，这样留言道：

    记得小时候，屋檐下一排的。

我看着这行字，眼睛微湿。我很想，拥抱一下她。不用说，她和我，一定拥有过同样的冰凌，拥有过同样的冬天。

## 年脚下

"年脚下"——这么说着，年便变成实实在在的物体，像一幢房子、一面墙，你倚靠上去，有踏实感。一年奔到头，就是奔着这年脚下来的，一颗心安安稳稳下来。

年脚下，人与物皆丰富得不得了。我最喜这时候上街，哪怕什么也不买，就只看看，也心满意足得很。

卖炒货的摊子，一家挨着一家，家家热气腾腾。卖年糕的，电喇叭里，唱歌般地吆喝着"年糕，年糕，卖年糕哎"。一些女人，手提篾篮，上面挂着些肠衣，叽叽喳喳在人群里叫卖。我起初不明白那是啥，站旁边傻看。一妇人拿起一根肠衣就吹，那肠衣像气球般的，立马鼓了起来。她说，这是灌香肠的。

哦，我笑笑点点头，走开。释疑解惑了，真是满意之极。

卖云片糕的中年男人，敦厚，长得有点像我老家的一个人。我不由得多看他几眼，越看越像，老家也跟着他来到我跟前了。这年脚下，老家都在忙年吧，杀猪宰羊，蒸年糕蒸馒头，掸灰洗尘，不亦乐乎。我这么恍惚了一会儿，中年男人已卖出不少的云片糕。他现做现卖，薄如云翼的大糕，从一架小小的机器里，一层一层吐出来。软乎乎的，散发出桂花香。人真是绝顶聪明，居然想出这等吃食来。云片糕云片糕，可不像极了云片么！

卖汤圆的年轻人，眉清目秀得厉害。他一身白衣裳，干净得像面粉。他不是本地人，操一口普通话，说话轻声轻语的，笑容也干净。他的汤圆品种多，有白芝麻的，有黑芝麻的，有草莓的，有果仁的。他麻利地装袋，临了关照一句，水开了不忙捞哦，多煮会儿哦，煮得胖胖的软软的，才好吃。我特别喜欢听他说那句胖胖的、软软的。有绵软的越剧味。

有老妇人去买汤圆，硬是要饶上两个。那边袋子已装好了，足了斤足了两地让她看了，她却伸手过来，迅速地再抓两个上去，嘴里说，饶两个，饶两个吧。年轻人伸手挡，带笑说，不能啊大妈，这个饶两个，那个饶两个，我这生意还做不做了？却并不当真去挡。老妇人得逞，面带得意色。他只得无奈地笑笑，继续招呼别的客人。

我看得兴趣盎然，觉得那老妇人的狡黠和可爱。不知自己老了时，会不会也这般。

# 第三辑

## 养心

----

：

要学会养心。用美物养它。用美食养它。用诗歌养它。用音乐养它。用花鸟虫鱼养它。用鸟鸣雀叫养它。用雨声养它。用风声养它。

## 许明天一个梦想

·:

我妈要扩种两亩荠菜地。

她信心百倍地对我说，等这两亩地上，全种上了荠菜，我可发大财了。

世事在变，不过几十年的工夫，有的已变得面目全非。我们除了接受，别无法子。荠菜——这种过去纯粹的野菜，现在，也被广泛种植，成家养的菜了。

我很怀念从前挑荠菜时的野趣。那时，一入春，乐事里的一大件，就是去寻荠菜。田间地头，到处都晃动着我们的小身影，眼睛紧紧盯着草丛。那些新冒出的小草，跟荠菜几乎同一色，一样的翠绿柔嫩，似乎掐上一把，凉拌拌就能吃。不过，我们都没拌过小草吃，我们只吃荠菜。那当口，眼神儿一定要尖，寻着了，高兴得心花怒放，欢呼声响成一片。采回家去，烧荠菜豆腐汤，鲜得透心。如果运气好，还能吃上荠菜饼、荠菜饺子，那跟过节差不多，简直要让人乐上天去。就是单单加了油盐爆炒一下，也是好吃的，也能诱惑得我们多添上一碗饭。

我妈不懂什么野趣不野趣的，她天天蹲在野地里，她就是野趣中的一个。我妈现在一门心思要种荠菜。她尝到了甜头，一个春上，她挑荠菜卖，居然攒下五千多块钱。

她喜滋滋地掰着手指头，给我们算账，说，明年，再多种上两亩地，我就能赚成万的钱了。到那时，我也是个有钱人喽。想买什么吃，就买什么吃；想买什么穿，就买什么穿。

我笑着看她，七十多岁的老太太，被这个美好的愿望点燃着，兴兴的，竟露出欣欣向荣的样子来。

我有点羡慕我妈了。一年四季，春种秋收，她的心里，从不落空，总有个梦想在支撑着她。

想起多年前，听过的一首歌，旋律好听。歌名更是起得好，叫《一千零一个愿望》。里面的歌词亦很励志：

心里有好多的梦想，未来正要开始闪闪发亮，就算天再高那又怎样，踮起脚尖，就更靠近阳光。

动画做得很精美，画面上，一头可爱的小猪，正努力地攀爬着一棵大树。它爬呀爬呀，摔下来一次又一次，怎么也爬不上去，却一点也不气馁。因为，梦想就在树上朝着它招手，一团的碧绿，一团的繁花似锦。而月亮和星星，闪耀着光芒，就挂在树梢头。

我被那头小猪感动了。更确切地说，我被一种叫梦想的东西感动着。只有心怀梦想，未来才会闪闪发光。

我们也曾如那头小猪一样，怀揣着梦想，一路向前。也遇到过挫折，有过彷徨，但因为有梦想在，热情就在，日子还是备感充实。

只是，从什么时候起，我们却丢失了梦想？我们丧失了激情、抱负和憧憬，在光阴里沉沦。我们不再眼神熠熠、斗志昂扬。我们在迷惘中迷惘、在失望中失望，迷迷糊糊地混着时光。一下子，春天过去了。一下子，秋天过去了。一下子，一年又过去了。我们会自己跟自己妥协，说老了、晚了，就这么将就着过吧。

晚吗？在一个书法展上，我认识了一个八十多岁的老书法家。他退休前，是一所大学的教授。他的书法，得到了大家一致推崇，说有松柏之风，又骨骼奇秀，非几十年的功力不能够。询问他，老人家笑眯眯地摇头，说，我才写了不到十年。他七十多岁了，才开始练的书法。

——面对这样的老人家，你还好意思说晚吗？

我们要在自己的心上，种点什么才是，种花好，种草亦行，总之，不让它荒芜就好。就像我妈那样，她要种多多的荠菜，赚多多的钱。许明天一个梦想，日子才会有着奔头。

丰　腴

四月最当得起"丰腴"二字。

它实在是，太丰腴了。

季节一到四月，如同民间女子走进皇宫，君王一回顾，她就成了贵妃了，一下子变得雍容华贵起来。光华灼灼！光华灼灼！让人真的不敢相认，她还是从前布衣荆钗的那一个吗！

这个时候，你怎么看，都是好的。躺着看，站着看，横着看，竖着看，落尽眼底的，无一样不是兴高采烈的，不是饱满葱茏的。

花在不要命地开。

桃花、梨花、海棠、紫荆……哪一朵，都开得掏心掏肺的，都开得披肝沥胆的。

烂漫哪！

我在一树一树的花下走。头顶上或红或白，枝枝丫丫，都缀得满满的。心也就那么被填得满满的。随便往外一掏，都是一把好颜色，绚丽得让人能在瞬间被淹没。

风吹桃花。

风吹梨花。

风吹海棠。

风吹紫荆。

这世上，你还要怎样的好？我只想轻轻说，亲爱的，你慢些开吧，慢一些，不要急。

心里，忽地生出疼来，嫌它们开得太过火了。

怎么可以这么毫无保留！赤裸裸的，全是热烈，全是奔放哪。

是不是有种生命，只求这一瞬的燃烧？爱就要爱它个天翻地覆、死去活来。

这样的刚烈！——爱原本就是件十分刚烈的事情。

像他，和她。一朝坠入爱河，分分秒秒也不肯撒手。也知道燃烧到顶点，会烦了倦了谢了，可那是将来的事。这一刻，他在，她在，他们心心相印，短暂的绚烂，足以照耀一生。

别笑爱情的疯狂。这或许才是爱的真正模样呢。我也想拥有这样的燃烧，哪怕就像飞蛾扑火，我的生命，也定会活出别样的意思来吧？

我盘腿坐到树下，让肩上落下一瓣两瓣的花。很想喝杯酒了。真的，很想。

虽然，我从不喝酒，且不会喝酒。可此情此景，唯有喝酒，才与之相配。

举杯俯仰之间，是把花也给喝进去了吧？我愿意，为之一醉。然后，就在花下小睡，睡成一朵丰腴的花，饱吸阳光，饱吸清风。我却似乎已活过了千年。


那人对我说，菜花贱。

是因为多。是因为不择地。是因为它不会隐藏自己一点点。

这时节，出门去，随便一搭眼，都能看到它的影。人家的花坛里，有那么几棵，也是开得轰轰烈烈的，丰腴得不得了。

它太把自己当主角了，让你有小小的不服，它怎么可以这么抢风头呢！

它还就是抢了。你认为它是平民小丫头，它却拿自己当公主。我看到一垃圾堆旁，也有一棵菜花，风姿绰约地在开。

你若移步到郊外，那才见识到它的不可一世呢。人家的屋，被它拥着抱着。屋旁的路，被它拥着抱着，一直蔓延到河边去了。河水里倒映着一地的黄，黄透了。天空也被染黄了呀。河里的鱼和水草，也被染黄了呀。你整个的人，也被染黄了呀。

美。真美。太美了。美得一塌糊涂。——你在它的丰腴里沦陷，实在找不出多余的词来形容它，你也只能颠三倒四地这么说。

贱命如它，终于让你刮目相看。

你看你看，有时出身并不重要。重要的是，你将以什么样的姿势盛开。

还是向一朵菜花学习吧，只管走着自己的路，在自己的心上，铺上一片沃土，盛开出一片丰腴。


有一段日子，我想减肥来着。

因为，大家的审美标准都是，骨感美人的。

我刻意少吃，刻意锻炼，反正怎么折腾能瘦下去，我就怎么折腾自己。

当我在四月的鲜花跟前走了一走，我突然惭愧了。

没有一朵花，想着去减肥的。它们爱怎么开，就怎么开。能开得有多丰满，就开得有多丰满。

即便是一朵蒲公英，即便是一小朵婆婆纳，也竭力让自己变得丰腴。

那是美。

丰腴，也是一种美的。

中学时，跟同学回家。同学的母亲突然从屋内走出。其时天色将晚，光线暗淡。可是，她的母亲往门口一站，我的眼前，立即有种光芒四射的感觉。个高微胖的一妇人，面皮白，笑容温暖亲切，我几乎在一瞬间就喜欢上了。

多年后，我回忆，还记得她甫一出现时，我的惊艳。现在我想，若是换作一清瘦的干巴巴的妇人，断不会留下这样的美好记忆的。

我也要按我自己的样子开放。不妨丰腴一点，再丰腴一点，从身体，到心。

## 心血来潮

我常心血来潮做一些事。

比方说，六月的大雨倾盆，在室内坐得好好的我，突然惦念着，邻乡的白荷该开了吧？那些长在路边池塘里的荷。邻乡人种它，不为赏花，只为挖藕。在我，却如同捡到宝贝。一次偶然路过，看见，从此，每年的荷开时节，我都要跑去看一看的。

说去就去。雨大风狂，都不在意的。结果，我如愿看到了雨中之荷。且对着它，念了一句诗：风合雨花香。

又想到，清水出芙蓉。我以为，把"清水"改成"烟雨"，更艳，更倾城。

再比方说，周末的清晨，正打算睡懒觉，一个念头，突然滑过脑际，我想去看海了。

没说的，去吧。随便抓起桌上两只馒头当早餐，也就上路了，一去百十里。

九月的海边，寂静，空旷。这里一撮盐蒿，那里一撮茅草。海鸟人一样的，在滩涂上散步。天空呢？因为少有污染，天空洁净得让人想哭。真像是谁擎了巨型画笔，在画。颜料左不过白，左不过蓝。纯净的白。纯净的蓝。一笔下去，蓝色波浪起。再一笔下去，白色波浪起。如此更迭、纠缠。

那日，我在海边饱吸一通纯净，然后，心满意足地回家。

我的很多远足，也大抵都是在这样的心血来潮下完成的。

某天午后，我在楼上翻报，一则介绍杭州山沟沟的文字，跳入我的眼帘。文字也短，图片也少，然它用"世外桃源"这四个字来做注解，我的心一下子飞出去好远。那人在楼下洗碗，我飞奔下楼，跟他说，我们去山沟沟吧。他说，哪里的？我说，杭州的。他说，好啊。并不当真。我却是当真的，又飞奔上楼，快速收拾好行李，背着包站他跟前了。

他惊讶地拿眼瞪我，问，真去啊？我答，真的。

感谢这个人，他竟什么也不再说，当即丢下碗，陪我打车去车站。刚好有去杭州的车，就要发车了，我们来得真是巧了，跨上车去，一路呼啸到杭州。

到杭州时，天已完全黑了。买一张地图揣着，坐公交，抵达一个叫瓶窑的小镇。住下，问宾馆前台服务员，怎么去山沟沟。服务员莫名所以地摇头，说，不知。我那个狂喜啊，人知之越少的地方，才真的是世外桃源呢。

晨起，我和那人摸去山沟沟，在那里一住三天。白天，我们踩着轻软的竹叶，或是，踩着不规则的碎石，上山去吧，到沟里去吧。哪里是尽头呢？没有的。竹是无边无际的，这座山连着那座山，把人的眼珠子都染绿了。水是无边无际的，它们在一些石头后面欢唱。石头是千姿百态的，如千军万马在奔腾。不期然的，就能撞见一抹红，在石头上方遥望。那是枫树，或是红果树。不知道。我的眼，我的耳，如何能够穷尽？

夜晚，一个叫汤坑的村庄睡着了。狗不叫，鸡不鸣，一点点灯光也没有的，完全与夜融合在一起。只有门前的小溪水，在哗哗地流，像下了一夜的雨。

早上，客栈主人熬了糯米粥，配了小咸菜，和白面馒头。我们临溪而坐，真正有一生一世的感觉。

去锦溪，我也是这般的心血来潮。前一刻还穿着睡衣在家里晃，从客厅，到书房，再到阳台。看外面阳光姣好，春光乍现，像伸了无数双小手在招摇。我的心立即坐不住了，我说，我想出去玩呀。电脑上一通搜索，就被锦溪的名字吸引住，锦溪锦溪，是彩锦织成的溪流啊。

出发，去锦溪。

古镇有点乱。街道很不规则，车子到处停放。人也多。一眼望过去，都是人。每座桥上有。每张美人靠上有。每只船上有。每家店里有。可是，还是很喜欢的。有时的风景，不在看，只在于感受，感受那种欢乐气氛。而当你能避开喧闹，在内心构筑一份宁静，让风景——住进来，你就达到境界了。

比如我，斜倚着那美人靠，稍一低头，就望见那碧绿的河水，像美人飘带一样的，飘过去了。听船娘们首尾相接地唱着歌。歌喉并不婉转，甚至唱走了音，可听着愉快。花自开，水自流。哎，这大千世界，真真是各有各的趣味的。

常有人羡慕我，说，你多好啊，想玩就玩，想走就走，到过那么多地方。

我说，你也可以的啊。

那边却苦闷地告诉我，不行啊，走不开啊。要带孩子啊。要做家务啊。要工作啊。要考职称啊……总之，羁绊的绳索千万条，任何一条，似乎都能把他（她）牢牢缠住。

可是亲爱的，你怎么不试着解开那绳索呢！它系得并不像我们想象的那么紧，轻轻一弹，也许就能脱落。——孩子可以托他人照顾两天。家务活可以先扔那儿不要管。工作天天有得做，暂且放一放，它跑不走的。职称这次不考，还有下次。你试着出去一趟，看看会怎样。天不会掉下来，地球依旧运转得好好的。有些事，实在不是非你莫属。

我也不是个有钱人，也不是个十分有闲的人，我也有家庭，也做着一份工作，也有小小的事业心。但我懂得适度舍弃，一些事，并不是非我不可，我便抽身而出，还自己时间和自由。

不要忘了，脚是长在你身上的，怎么行走，完全是你自己的事。所以，当你再次心血来潮，就不要再犹豫了，一点也不要。想走，拔脚就走，没什么大不了的。世界不会因你的突然离开，而有丁点儿改变。而你，却会因一场心血来潮，变得比从前丰盈。

## 养 心

养颜，都知道。女人尤其，总希望自己是个不老的传奇。各类化妆品层出不穷，整容机构在大把赚着钱。

男人也不甘落后，人到中年，格外。他们用一个词来不断提醒自己，保养——养身、养颜。总想使自己的皱纹少一点，皮肤紧一点水一点，永远的容光焕发。人见面，常猜测年龄，总换来惊讶，说，呀，看不出你都四十好几了，像三十岁的小伙子哎。这边听着，心里便得意得冒泡泡。

忽略的，恰恰是养心。

心才是最易苍老的。

林黛玉对贾宝玉爱到极致，说了一句，我只为我的心。那一句，说得天也荒、地也老，竟是荒凉到孤岛之上。谁懂!？谁懂她的心!

你以为眼泪流在眼底。不，不，其实，是流在心底。你欢不欢喜，你疼不疼痛，心说了才算。

秘密藏在心里，是最让人没办法的。唉，总不能变成虫子，钻到你的心里去。但情到深处，却不要说出来，不要说，彼此的心，都懂的。

若是遇到一个懂你心的人，请不要辜负了。


心有多大呢?

它能容纳下这世上所有的相遇和别离。

当心再也盛不下时，整个的人，也就彻底崩溃了。

记得小时，后邻有女子，温婉有致，贤惠善良。某天，因受巨大伤害，突然神经失常，也不骂人，也不打人，只管自己对着一处发呆，口中念念的。

人去看她，她揪着自己的胸口对人说，我的心，疼呀，疼呀，疼呀。

看不见、揉不得的心! 才真是疼。

肌肤受伤，可以慢慢治愈。心受伤了，是一时半会儿好不了的。

所以才有，暗自疗伤。

　　这个时候，唯有给时间一些耐心、再一些耐心，才会让心慢慢从伤痛中走出。怕只怕，到时走出来的心，也是千疮百孔的了。

　　一二十岁时，看到一个句子：哀莫大于心死。觉得特深沉，还把它特地抄录到笔记本上，不时拿出来炫炫，装装深沉。

　　那时能有什么哀呢！左不过是看见一瓣落花，会小小伤感一下，吟哦一句刚学会的古诗词：泪眼问花花不语，乱红飞过秋千去。又或是对着夕阳西下，感慨一下，日光流逝，又近黄昏。

　　等到了一定年纪，才懂得，心死了一点也不好玩，那是心如止水、心如死灰，是再不见一点生命的激情和波澜。

　　活着，如同死去。那才真的可怕。

每个人，都是一个江湖。

人在江湖，心会疲惫，会苍老，会干涸。

这个时候，就必须留点时间和空间给心，养着它。

如养玉一样的，心才会变得温润。

认识一女人，家境颇为艰难，为生之计，她在菜市场口，摆一小摊，卖卖小物件。但每晚回家，她必给自己做上一两道小菜，用精致的小盘子装了，然后开了音乐，很有诗情画意的，享受她的晚餐。她说，悦目才能赏心，我要让我的心，在劳累一天之后，还是欢欢喜喜的。

欣赏她。纵使她活得再卑微，她的心，也活得很高贵。


要学会养心。

用美物养它。用美食养它。用诗歌养它。用音乐养它。用花鸟虫鱼养它。用鸟鸣雀叫养它。用雨声养它。用风声养它。

嗯，如果你有半天闲，不妨睡到草地上去，让心晒会儿太阳吧，心会很高兴的。

## 坚 持

他和一拨人一起去爬山。

起初都是兴致勃勃着的，他们一路上赏花赏草，听流水叮咚，谈笑风生。可爬着爬着，就觉得无趣了，又累又单调。朝上望望，望不到顶，山峰似在云端，那么遥遥。

山顶上有人下来，一个个走得气喘吁吁。

"山上可有什么好玩的？"他们停下来相问。

答："没有，只一座破庙而已。"

这么辛苦地攀爬上去，只为了看座破庙？他们中有人动摇了，放弃了攀爬，留在半山腰，拍照——到此一游。留此存证。而后，这部分人满足地转身下山。此趟游山，算是告一段落。

他和另一部分人，继续向山上爬去。越往上，山路越是陡峭，他们爬得近乎虚脱。山顶上又有人下来，走得气喘吁吁的。他们停下来相问："山顶上可有什么好玩的？"

答："没有，只一座破庙而已。"

"哦——"坚持着的这部分人，轻呼一声，站在原地踌躇。他们劝他，上面就一座破庙，有什么看头呢？还不如早点下山去，找家茶馆，喝喝茶、打打牌。

他笑着摇头，"不，你们回吧，我还是想上去看看。"这部分人见劝不动他，关照他几句，自行下山去了。他敲敲酸疼的腿，继续走着他的路。

途中，他遇到一只小松鼠。小松鼠跟个孩子似的，蹲在一块石头上，好奇地打量他。他跟它打招呼："嗨，小家伙，你好啊。"小松鼠听懂了似的，冲他点点头。又打量他一回，这才遁入到身后的树丛中去了。

他嘴角含笑，快乐得像回到孩童时代。因这份快乐的支撑，余下的攀爬，竟轻松了许多。

他又遇到两棵奇树。树干是各自生长的，到树梢，却合二为一。像两个贴面拥抱着的人。自然万物，原也各有各的恩爱的。他站着看一回，莫名的感动。

他还遇到一块石碑。石碑上刻的字，已模糊。他弯腰辨认很久，辨认出其中几个字："当年箫鼓，荒烟依旧。"他想到元好问的《雁丘词》，心里好一阵激动。岁月的风雨又几番吹打呢？在这上山的路上，也将印着他的足迹。

他终于抵达山顶。诚如下山的那些人所言，山顶上的确只一座破庙。年代久远了，僧人的踪迹已无处可寻。他站定在庙门口，看着风吹进敞开的窗户，香火的气息，自岁月的烟尘深处飘来。他两眼微湿，浑身的酸疼都可忽略了，他的心里，只有欢喜——他来了，他没有错过。

有对上山来的年轻人看到他，非要拉着他合影不可。"老人家，您真不简单，能爬上这么高的山。"他们说。一左一右簇拥着他，笑对镜头。说回家之后，要把这张合影，常拿出来看看。这年，他七十有五。

他是在一次聚会上，遇见我，给我讲这个故事的。八十岁的人，看上去，不过六七十，话语铿锵，精神饱满。故事却平淡着，像一杯寡淡无味的白开水，我竟听得怦然心动。

我从他的故事里，读懂了两层含义：

之一，不管怎样的坚持，总会有所收获的。

之二，坚持到底，就是胜利。

我以为，一些干涸的心灵，是需要这杯白开水润泽的。

## 老铁匠

.
.

突然的，又想起那个老铁匠。

眼前并没什么事物让我触景生情。一个黄昏，正在降临。天空好比一张宣纸，鸽子蛋似的夕阳，恰似随手涂抹上去的静物。我很喜欢这样的时光，觉得静和内敛。树木、花朵、街道、房子、车辆、行人，无一不变得轻盈，没有芜杂。

然黄昏与老铁匠有什么关联呢？没有的。

人的记忆，有时就是这么不可思议。本应记住的，甚至发着誓一定要记住、永远不相忘的那些人和事，经年之后，偏偏忘得一干二净。倒是无意中邂逅到的一些细枝末节，在记忆里生了根。或许，俗世凡尘，本就是由一些细枝末节组成，一点一滴，串成了我们的人生。

老铁匠住在一个小村子里。小村子据说在魏晋时期人烟就很繁茂，历朝历代，人们都以耕种为生。到明代，却出了大户，家有读书郎，高中榜眼，做了大官，回小村建了一座榜眼府。我是路过，听人说那里有个榜眼府，建筑奇特，匠心独运，值得前去一看。也便去了。

一进村口，迎上来的，就是一条黄石板和鹅卵石铺成的巷道，凸凸凹凹，印满岁月的波光涛影。两旁的黛瓦房，不可免俗地挂上了红灯笼，榜眼府淹没其中。要不是门楣上书着"榜眼府"三个大字，还真要把它给忽略了。进到内里，却乾坤大有。房子套着房子，回廊连着回廊，天井接着天井。小圆门、石拱门、月亮门，各各生着情趣。也不知到底有几进几出了，人走在其中，像走在迷宫里。正暗自感叹不已，眼前豁然开朗，人已站在一座小花园的边上。只见方寸之中，亭台楼阁，小桥流水，应有尽有。玲珑别致，雅韵十足。

榜眼的故事流传甚广，说他还是个大孝子。母亲中风瘫痪，他在外连官也不做了，跑回老家来，日日侍奉在母亲身畔，历时十年，不改初衷，直到母亲故去。有人质疑这故事的真实性，说榜眼都贵为榜眼了，不用说找一个人服侍他母亲，就是找上十个百个，也不是难事，何用他亲自动手，连官职也辞了？

您说，找人代劳行孝道那还叫孝吗？寡言少语的老铁匠忽然住了手，定定地看着那人，轻轻说。那会儿，不少的游人，拥进了老铁匠的铁匠铺。老铁匠的铁匠铺，正对着榜眼府的后花园。一出后花园，人的眼睛就直了，那铁匠铺，多像岁月暗影里的一帧底片，泊在那儿，不动声色。

老铁匠赤着膊，站在通红的炉火旁，抡着铁锤，一下一下，敲打着一块烧红的铁。那块铁，正慢慢变成一把菜刀的形状。游人们兴奋了，这古旧的风景，难得一遇。有人举起相机就拍，老铁匠伸手挡，很客气地说，请不要拍我，要拍，你们就拍墙上的它们吧。

众人这才留意到墙上。被烟火熏黑的墙上，挂满了打造好的铁器：铁铲、火钳、钉耙、锄头、镰刀、铁锹……一律沉甸甸的，静默无语。

有人笑问，这些，会卖得掉吗？

老铁匠不语，只一下一下，埋头敲打着他的铁。筋骨沧桑的手背上，疤痕叠着疤痕，紫红的、酱紫的、褐色的，深深浅浅。

没人再嬉笑发问，都屏声静气地待在一边，眼神里多了敬畏。看一会儿，众人默默地退出去。老铁匠忽然在背后说话了，他说，识货的人，自然懂，还是这些老家伙最贴心。

后来，听当地人说，老铁匠是榜眼的后人。老铁匠打了一辈子的铁了。他们村子里，家家户户，都用老铁匠打制的铁锅铁铲炒菜。

# 董师傅

董师傅经常在我们这片住宅区收荒货。

原先也没人知道他姓董，也没人关心这个，自然也没人喊他董师傅。都唤他，收荒货的。

他一般午饭时候来。身上套一件藏蓝色夹克，似乎从未曾换洗过，脏得都看不清布的纹路了。骑一辆破旧的自行车，车后座上，绑几只大麻袋。有时也绑辆拖车拖过来。午饭时，家家都有人。

他来，是要开嗓子叫唤几声的。"收荒货哎——"他这么

叫着，声音直白，带点沙哑，像伤风感冒了。他从小区前头，绕到小区后头，这么一圈叫下来，有时会有一两家从楼上探出头来，唤一声："收荒货的，我家有荒货。"有时没有，独留他的声音，在空中荡荡的，很空旷。

每天，我们都习惯了这样的声音。他来，他走，也没人过于在意。我们吃着我们的饭，说着我们的闲话。青菜豆腐，土豆烧肉，或是一盘子红烧鱼，日子里没有大富大贵，却有心安理得。

直到有一天，家里的废报刊和废纸盒子堆成了堆，这才发现，好久没有见到收荒货的来了。

这真叫人意外，他怎么会没来呢？

终于有人留心起来，开始打听，那个收荒货的，怎么这些日子没来？

没有人知道答案。

他对我们来说，充其量，不过是个陌生的熟悉人。

最后，还是小区的门卫机灵，他灵感突现，想起收荒货的初进小区时，登记过电话号码的。一通翻找，在底册上终于给找到。门卫把电话打过去，门卫称他，董师傅。他们之间对话的具体内容不知，只听门卫后来说，董师傅很激动，说他这么个小人物，竟还有人惦记着，他让我谢谢你们。

这下子大家都知道了，收荒货的，原来姓董。也知道了，董师傅的手被铁块削伤了，这些日子在家养着伤的。

几天后，董师傅来了，手上还缠着纱布。他依旧穿着那件藏蓝色夹克，却洗得清清爽爽的。他的声音也还沙哑着，像伤风感冒了。"收荒货哎——"他甫一叫开，陆陆续续就有人围了过去，大家都很关切地问他："董师傅，你伤得如何？可好些了？"

没人再唤他收荒货的，都叫他董师傅。董师傅就一直一直地笑，笑得脸红红的。

那天，董师傅带来的几只空麻袋，全装得满满的了。他身上那件藏蓝色夹克的口袋里，意外地被塞进了各种各样治疗创伤的药，金创药、云南白药、抗生素粉，还有一些人家自制的土秘方。

隔天，小区里不少人家的门上，都被插上了一朵鲜艳的大丽花。董师傅说，那是他自家长的。

## 你若盛开，蝴蝶自来

:

自打小时起，我们就接受这样的教育，吃饭别慢吞吞的。做事别慢吞吞的。走路别慢吞吞的。于是我们总是很着急，急着吃饭。急着做事。急着赶路。急着长大。——再慢就来不及了呀。

然因走得太快，我们常常忽略了沿途风景，走着走着，就忘了出发的初衷，丢失了最初的热情和梦想。

走路摔倒了，我们埋怨绊了脚的石头；没有别人风光，我们埋怨出身的卑微、父母的无能；身上寒冷，我们埋怨是他人挡了自己的阳光；梦想落空，我们埋怨生不逢时；少有真心相待的朋友，我们埋怨人情淡薄世态炎凉。

我们习惯了埋怨，却从来没有公正地思考过，好多时候，其实不是生活辜负了我们，而是我们辜负了生活。

不要总慨叹命运的不公，而是要多问问你自己，你够不够努力。——只有自己是梧桐，凤凰才会来栖。

冷暖自知，如鱼饮水，这也是生活常态的一种。接受这样的常态，且从容地享用它，你才能活出属于你的真本色。

一个人的光芒过于炫目，或多或少，总会刺伤到他人——尽管，那或许并非你本意。所以，凡事能低调的，请尽量低调，把光芒收敛一些，再收敛一些。有时，不过于炫耀自己，不睥睨他人，也是对他人的一种善良和好。

别动不动就给人摆脸色，也别动不动就粗喉大嗓的。这两种做法，都不代表你有本事，那只能证明你很无能，和欠缺教养。

离火太近，易被灼伤；离冰太近，易被冻坏。人生所需要的距离和温度，恰恰是那种不过于浓烈，亦不过于冷淡的。浓淡相宜，远近相安，唯有这样，才能久长。

每一段爱情，最初都想天长地久地老天荒来着，无奈月移星转，有很多走着走着，就迷失了。不是不爱，而是再也回不到最初。不感慨，不失望，因为，所有的曾经，全都被岁月悉数收着呢。它曾像花儿怒放过，它曾明媚了一些眼睛和心灵，足够。

虚度光阴的可怕之处在于，世界已走得很远，而你还留在原地。

把羡慕别人翱翔的时间，用来充实自己。读一点书，听一点音乐，走一段路，赏一段景，做一点事。慢慢的，你会发现，你也长出了丰满有力的翅膀。

真正的寂寞，是身处闹市，却内心荒凉。满世界游走，也找不到一个可以说话的人。

我们常常做着伤害自己的傻事，自己作践自己。比如，为了不值得的事生气。比如，为了不值得的人流泪。——那些生气和流泪，往往于事无补，动不了他人一根毫毛，却把自己折磨得遍体鳞伤，且赔上一段好光阴。何苦来哉？

心灵澄澈，自会口吐莲花。心灵污浊，往往喜出恶言。一个时常口吐恶言的人，不但愚蠢丑陋，而且可怜可悲。因为，他（她）的心灵，早就污浊不堪、蝇虫遍地。

有时，你没有得到你想要的，不是因为你不够好，而是上天要给你更大的惊喜，让你得到更好的。所以，不灰心，不气馁，走下去，前面的天空，也许会更为辽阔。

有人问我，幸福的秘诀是什么？我答，欲望降到齐肩高，一伸手就能够得到。又，始终保持愉悦，不为难自己，不为难他人，不为难这个世界。

很喜欢一句话：你若盛开，蝴蝶自来。——人生最大的资本，还是你自己。只有努力使自己变得充盈，让自己的生命，散发出它该有的香气，才会引来蝴蝶翩跹。

## 她的声音

———

卖草鸡蛋的，一般都是晌午到小区来。她先把买卖的吆喝声送来，然后，她的人，才出现在小区门口。四五十岁的女人，短发，胖胖的，左脸颊上，有一块鲜红的胎记。身上罩一件红格子围裙。有时会换成蓝格子的。自制的三轮车的车厢里，搁着两筐草鸡蛋。

我很喜欢听她吆喝。有时她来了，我正做事，我会放下手中的事，侧耳听一番。她这么吆喝："卖草鸡蛋啊，草鸡蛋卖——"中间稍作停留，一声高一声低，押着她自己的韵，余音袅袅，适合跳慢四。如果当时四周皆静，她的声音，就似响在深谷之中，颤巍巍的，又极悠远。哎，谁若有意填了词谱了曲唱，都唱不出这效果。

应和的人总有一两个，隔空对她喊话：

你卖的草鸡蛋，果真是草鸡蛋吗？

她慢悠悠地答：

是哎，全是自家散养的鸡哎，一点饲料激素也不喂的。

声音同样像唱歌。

买卖很快达成。午时的小区里，会闻见炒鸡蛋的香，不经商量地直往人的鼻孔里钻。果真是散养的鸡生的蛋，自有一股清香。

有时好几天不见她来，会很想她的声音。我和那人的对话里，少不得要说到这事：

——咦，怎么没见那卖草鸡蛋的来了？

——是啊，好几天没看见了。

我们笑着沉默下来。阳台上的花在开。窗外的鸟在叫。她快来了吧？我去厨房看，家里储存的草鸡蛋也不多了。

## 每一颗种子，都有它自己的奇迹

．．

—

　　长文竹的盆子里，冒出一棵小草来。起初也只那么一小点儿，一分硬币大小，羞怯怯的，试探式的。知道这是人家的地盘呢，它也只是贪玩了，来串门一回。

　　然试着试着，它的胆子就大起来，看文竹没什么反应，它干脆把文竹挤到一边去，自己在里面安营扎寨，大有喧宾夺主的意思。

　　我饶有兴趣的，每天跑去看看它。我很想知道，一棵小草到底会长成什么样子。

　　日子里，便充满期待，和成长的喜悦。

　　小草从不让我失望，它每天都会抽出一些新叶来，小指甲那么大。绿，绿得翠翠的、透透的。想着，摘了它，什么调料也不用放，生吃了，一定满嘴脆甜。——我也只这么想着，没舍得摘它。

　　它也不时旁生出几枝茎。叫"枝"其实不准确，应该叫"丝"才是。是那么细小而柔软的茎，薄丝一般的，上面却缀满绿的叶。好像是谁一针一线给绣上去似的。

　　它居然，也开花了，花细小得像米粉。它就那么一边长叶、抽茎，一边开花，忙得很。

我很想对它说感谢。我知道它不爱听，它只管生长着它的。那么，我也只管静静赏着我的。它让我柔软，让我想对这个世界温柔。

它最终长成繁茂的一大捧。撑不住了，松松的，倒垂下来。表现得随意而疏离，像漫不尽心的女子，松挽着发，松挽着衣，就那么斜斜地倚着门框，睥睨着你，眼中一抹似笑非笑的水色，让你一见，立即酥了骨头。

我拍了照片传上网。看到的人大惊，什么植物，这么漂亮！

哦，亲爱的，它不过是棵小草。

你看，一棵小草也可以美好成这样。

作为人类的你，更可以美好起来的啊！


二

每一颗种子，都有它自己的奇迹。——这是植物们告诉我的。

我手上如果有一颗种子，我绝不会随手扔了它，而是会把它种在一盆土里。

我种过苹果、西瓜、柚子、桂圆、火龙果、荔枝、橘，都是吃完的水果种子。它们有的会发芽、成长，像柚子和火龙果，很快蓬勃出一盆的新绿来。大半年的时间里，它们都是我书桌上最美的景致。

有的，暂不会发芽。我也不难过。得之，是意外。不得，也在情理之中。我很享受的是这种可遇不可求的缘分。

我买洋葱，吃剩下的，放冰箱里。日子久了，半颗洋葱头竟在冰箱里发了芽。我找只花瓶，把它插进去，它就不停地长啊长，长出肥绿的一串儿。有人说它是风信子。有人说它是水仙花。——我得意，告诉他们，不是，是洋葱头啊。

洋葱头也有梦想的。

我还在泥盆里栽过生姜。生姜拱出的新绿，像竹，摇曳生姿，极有看头。我看书或写字累了，就踱到它身边去，一盆的新绿，染绿我的眼、我的心。这意外所得，如同赐予。

我还在碗里长过菜花，和小野菊。它们一律的，都端给我一盆的好颜色，让我的日子，充满欢喜和甜蜜。

不要埋怨生活不优待你。你要扪心自问的是，你优待过它吗？

还是请从一颗种子入手吧，爱它，珍惜它，你将收获到许多意想不到的快乐。那里面，期待有，惊喜有，美好有。更重要的是，它让你学会执着、柔软，和善待。

# 踮起脚尖，就更靠近阳光

**太阳花的另一个名字叫，死不了**

认识小鱼的时候，小鱼还在一家杂志社打工，做美编。我常给那家杂志写稿，基本都是小鱼给我配插图。她配的插图，总有让我心动的地方。如果说我的文字是咖啡，她配的插图，就是咖啡伴侣，妥帖、恰到好处。

起初也只是零星地聊聊，在QQ上，在邮件里。她把画好的插图给我看，一棵草，一朵花，在她笔下，都有恣意狂放的美。80后的孩子，青春张扬，所向披靡。

小鱼却说，她老了。

我哂笑，"你若老了，那我还不成老妖精啦。"我说这话是有根据的，我比小鱼，整整大了10岁。

小鱼哈哈乐了，说："你就是练成了精的老妖精，多让我羡慕。"我却分明窥见她的忧伤，在那纷纷扬扬的笑声背后，像午夜的花瓣，轻轻落。

小鱼说："姐，我今天会做鸡蛋羹了。"

小鱼说："姐，我今天买了条蓝花布裙，很少穿裙子的我，穿上可是一万种风情呢。"

小鱼说："姐，我喝白酒了，喝完画漫画，一直画到大天亮。"

小鱼说："姐，我的新房子漏水了，气死我了。"

我急，"赶紧找物管呀。"

她说："我找了呀，可大半天过去了，他们还没派人来，可怜我刚装修好的墙啊，漏出一条一条的小水沟，心疼死我了。"

不知从何时起，小鱼开始唤我姐，她把她的小心事跟我分享，快乐的，不快乐的。我静静听、微微笑，有时答两句，有时不答。答与不答，她都不在意，她在意的是，倾诉与倾听。

听她叽叽喳喳地说话，我的心里，常常漾满温柔的怜惜。隔着几千里的距离，我仿佛看见一个瘦弱的女孩子，穿行于熙攘的人群里，热闹的，又是孤单的。

小鱼说，她曾是个不良少年，叛逆、桀骜不驯。因怕守学校多如牛毛的规矩，初中没毕业她就不念书了，一个人远走异乡。

"当然，吃过很多苦啦。"小鱼叮叮当当笑，对过往，只用这一句概括了，只字不提她到底吃过什么样的苦。"不过我现在，也还好啊，有了自己的房，90平米呢，是我画漫画写稿挣来的哦。"小鱼拍了房子的一些照片给我看，客厅、厨房，她的书房和卧室，布置得很漂亮。"书房内的阳光很好，有大大的落地窗，我常忍不住踮起脚尖，感觉自己与阳光离得很近。"小鱼说。我看见她书房的电脑桌上，有一盆太阳花，红红黄黄地开着。我问："小鱼也喜欢太阳花啊？"她无比自恋地答："是的啊，我觉得我也是一朵太阳花。"旋即又笑哈哈问我："姐，你知道太阳花还有一个名字叫什么吧？叫死不了。"

小鱼说，她给自己取了个别名，也叫死不了。

## 小鱼的爱情

25岁，小鱼觉得自己很大龄了，觉得孤独得有些沧桑与苍老，开始渴望能与一个人相守，于是小鱼很认真地谈起了恋爱。

小鱼的第一个男朋友，是个小男生，比她整整小4岁。他们是在一次采访中认识的，彼时，小男生大学刚毕业，分到一家报社实习，与小鱼，在某个公开场合萍水相逢了。小鱼自然大姐大似的，教给小男生很多采访的技巧，使小男生看她的眼神，都是高山仰止般的。

小男生对小鱼展开爱情攻势，天天跑到小鱼的单位，等小鱼下班。过马路，非要牵着小鱼的手不可，说是怕小鱼被车子碰到了；大太阳的天，给小鱼撑着伞，说是怕小鱼被太阳晒黑了。总之，小男生做了许许多多令小鱼感动不已的事，小鱼一头坠进了他的爱情里。

我说："小鱼，比你小的男孩怕是不靠谱吧？他们的热情，来得有多迅猛，消退得也就有多迅猛。"小鱼不听，小鱼说："关键是，我觉得我现在很幸福。"

那些天，小鱼总是幸福得找不着北，她的 QQ 签名改成：天上咋掉下一个甜蜜的馅饼来了？它砸到我的头啦！她说小男生陪她去听演唱会了。她说小男生陪她去逛北海了。她说小男生给她买了一双绣花布鞋……我一边为她高兴，一边又忧心忡忡，以我过来人的经验，爱情不是焰火绽放时的一瞬间绚丽，而是细水长流的渗透。

我的担忧，终成现实，一个月不到的时间，小男生便对她失了热情。她发信息，他不回。说好一起到她家吃晚饭的，她做了鸡蛋羹，还特地为他买了啤酒，等到夜半，也没见人来。电话给他，他许久之后才接，回她，忘了。小鱼把自己关在家里，喝得酩酊大醉。

小鱼问我："姐，你说这人咋可以这样呢？怎么说爱就爱、说不爱就不爱呢？"我不知如何安慰她，我说："小鱼，可能上帝觉得他不适合你，所以，让他走开。"小鱼幽幽地说："或许吧。"

小鱼的第二场爱情，来得比较寻常平稳。是传统的相亲模式，朋友介绍的，对方是IT精英，博士生，35岁的大男人。第一次见面，一起吃了西餐，吃完小鱼要打的回家，他拦住，说："我送你，一个女孩子独自打车，我不放心。"只这一句，就把小鱼的魂给勾去了。

他慢慢驾着车，并不急于送小鱼回家，而是带着小鱼到处逛，一直逛到郊外。他条理清晰地对小鱼表达了他的好感，他说他是理科生，写不好文章，所以特别崇拜会写文章的人。傻丫头一听，喜不自禁，夜半时分回到家，竟一夜辗转不成眠。

小鱼很用心地爱了。大男人买了她喜欢的书送她。教她做菜，做剁椒鱼头、虾仁炒百合。于是小鱼天天吃剁椒鱼头和虾仁炒百合。据她说，她的手艺，练得跟特级厨师差不多了。"姐，等你来，我做给你吃，保管你喜欢。"小鱼快乐地说。

小鱼给我发过大男人的照片。山峰上，大男人倚石而立，落拓不羁，英气逼人。我又有了担忧，这个人，太优秀了，太优秀的人，不适合小鱼。

还没等我说出我的担忧，小鱼那边的爱，已经搁浅了。小鱼只告诉我，他太理智了。就结束了这段让她谦卑到尘埃里的爱情。

小鱼后来又谈过两场恋爱，每次小鱼都卸下全部武装，全身心投入地去爱，但都无疾而终。小鱼很难过，小鱼问我："姐，你说好男人都到哪里去了？为什么他们都看不见我的好？"

我只能用冰心安慰铁凝的话来安慰她："你不要找，你要等。"

缘分是等来的吗？对此，我也很不确定。

### 踮起脚尖，就更靠近阳光

秋深的一天，晚上八九点，我正在电脑前写作，小鱼突然来电话，"姐，我看你来了，在你们火车站，你接我一下。"

我大吃一惊。与小鱼相识这么久，我们愣是没见过面，我曾说过要去西藏，小鱼说，那好，我们就在西藏见。可现在，她竟突然跑了来。

世上有两种女子叫人感叹，一种是初见时惊艳，细细打量后，却平淡了。一种是初见时平淡，相处后，却越发觉得她的艳，举手投足，无一处不充满魅力。小鱼是后一种。

车站相见，小鱼给我的感觉很平淡，个子矮小，穿着随意。她看着我，眉毛眼睛都充满欢喜，亲昵地偎着我，唤我姐。我看着她，仔细看，却发觉她极耐看，大眼睛，还有两个小酒窝，甜美极了。

陪她去吃饭，陪她住酒店。她一张小嘴噼里啪啦个没完，说她路上的见闻，说她想给我一个惊喜。"姐，你吓着了没有？"她调皮地冲我眨着眼，把她从新疆带回的一条大红披肩披到我身上，欣喜地望着我说："姐，你很三毛哎。"她在我面前转了一个圈，再看我，肯定地点头，"姐，你真的很三毛哎。"

那一夜，我们几乎未曾合眼，一直说着话。在我迷糊着要睡过去的时候，她把我推醒，充满迷醉地说："姐，你说，若干年后，我们会不会被人津津乐道地说起，说有那么一天，两位文坛巨星相遇了，披被夜谈。"黑夜里，她笑得哈哈哈。我也被逗乐了，好长时间，才止住笑。

第二天，我带她去沿海滩涂。秋天的滩涂，美极，有一望无际的红蒿草，仿佛浸泡在红里面，一直红到天涯去了。小鱼高兴得在红蒿草里打滚，对着一望无际的滩涂展臂欢呼："海，我来了，我见到我亲爱的姐姐了！"

我站在她身后，隔着十年的距离，我们如此贴近。我有一刻的恍惚，也许前世，我走失一个小妹，今生，我注定要与她重逢。

　　小鱼不停地给我拍照，一边拍一边说："姐，我要把你留在相机里，以后我不管走到哪里了，只要想到你，我都能看到你。"我也给她拍照，她在我的镜头前，摆足姿势，千娇百媚。

　　小鱼买的是当天晚上返回的火车票。车站入口处，她笑着跟我话别，跳着进去，突然又跑出来，搂紧我，伏在我的肩上哭。我心里也很难过，拍着她的肩，我说："现在交通方便得很，想看姐的时候，就来，一年来两回，春天和秋天。"她答应："好。"

　　我是后来才知道的，小鱼秋天来看我，有两件事她没跟我说。一、她又失恋了。二、她辞了工作。

　　小鱼跑到她向往的西藏去了，在布达拉宫外的广场边，她给我写信，用的是那种古旧的纸。在信里她写道："姐，原谅我的自私，我去看你，是去问你索要温暖的。你放心，我现在很幸福，可以自由地做自己喜欢的事——行走，和寻找爱情。我始终相信，只要踮起脚尖，就更靠近阳光。"

　　是的，踮起脚尖，就更靠近阳光。亲爱的小鱼，在西藏，你应该轻易就能做到。

第四辑

# 上 邪

---

·
·

那时，梧桐树的花，开在教室外。少年的笛声，
总在每日黄昏里响起。

## 上　邪

一个女孩，和一个男孩恋爱，有过海誓山盟，中途却不爱了。男孩千方百计想挽回，未果。于是有了怨恨，他以为这是背叛，是负心。

某天，他持刀相向，女孩还是不愿回头。他怒火攻心，手起刀落，一刀砍向女孩，一刀砍向他自己。两条鲜花般的生命，在刹那间陨落。

——这样的新闻，好像每天都在上演。热血与爱情。仇恨与报复。

我搁下报纸，起身，给自己倒一杯白开水。想想，又丢两颗红枣进去。

爱是这样的惨烈，惨烈到要以死相拼。

这样的爱，除了让人惋惜，一点也不好玩了。


是从前的那一阕汉乐府：


上邪，我欲与君相知，长命无绝衰。山无陵，江水为竭，冬雷震震，夏雨雪，天地合，乃敢与君绝。


年少时读它，觉得凄美得不得了，又是忠贞不二的。想着若是他年长成，遇到一个人，定要如此相爱。

那时，梧桐树的花，开在教室外。少年的笛声，总在每日黄昏里响起。

窗口读书。想着有什么故事会发生，故事却总也一直没有发生。

隔壁班的女生突然离校出走，那个穿着绿衣裳、系着绿丝巾、像朵绿蘑菇一样笑着的小女生。全校哗然。

心里居然，那么羡慕。羡慕她的果敢，羡慕她为了爱，奋不顾身。

一些天后，她回来，整个的人，都蔫了。她到底，被爱情负了。

割腕，跳河，她上演着决绝。

多年后，遇见她，她在一段婚姻里安稳。所嫁之人，也是平常，她却安享着他的平常，眉宇间，再不见凛冽。

年轻时的那场糊涂事，只是幼稚啊。半夜里抚着伤疤，不知她还会不会疼。

爱情不是决绝，更多的，却是放手。留条退路好度日。

幸好她懂了。

我不喜爱情的惨烈。

亦不喜信誓旦旦。

如果是真爱，要什么誓言呢！要什么承诺呢！

你若是火，我绝不做飞蛾，而要做另一支火。

也只是在这样的时刻，你的眼睛，映着我的眼睛。你的心，照着我的心。

我不要与你生生世世，不要与你地久天长。若能携手，那么，就一起走一程吧。尘世的烟火里，你给我买一只我爱吃的烧饼，我给你烧一盘你爱吃的红烧鱼。这便是，恩爱了。

若是走倦了，你尽可以抽身而走。我做不到死缠烂打，做不到死乞白赖。你都不爱了，我还留你做什么用？

我亦不会作践自己，为你不思茶饭、首如飞蓬、走火入魔。

我更不会玉石俱焚。不是舍不得你，而是舍不得我自己。

也许会痛。也许会难过。但我会把它当作是不小心，摔了一跤。拍拍手，爬起来还要继续走。

路还很长。爱还很多。还有一季一季的花要看。还有一朵一朵的云要赏。

所以，珍惜。

上邪，我要的只是这当下的幸福和安宁。还有，做人自有的尊严华贵。

## 樱花伤

——

:

　　四五岁的时候，她姿势标准地坐在蒲团上打坐，把一卷《般若心经》念得清灵婉转。其时，外面兵荒马乱，静心庵里，却一派宁静，晨钟暮鼓，岁月悠悠。

　　庵里除她之外，还住着两个尼姑。一个老些。一个年轻些。她称老些的为师太。称年轻些的为师父。师太看她念心经，眉宇间洇着一丝不易觉察的笑意，师太说："这孩子有慧根。"遂赐她法号慧灵。

　　从记事起，她就住在静心庵，由师父细心照应她的一应起居。她拿木鱼当玩具，当当当敲着玩。她拿念经当儿歌，唱得清脆悠扬。偶尔的，她会偷偷溜出庵去玩。附近人家的小孩，在一条小河边玩泥巴，看见她，齐齐哄笑起来，"小尼姑，小尼姑！"

她隐约觉得这个称呼不好，跑回去，拽住师父的衣襟问："师父，小尼姑是什么呀？"师父受了一惊，默然良久，抚抚她的头，轻声道："小尼姑就是你呀，你是向佛之人，所以他们叫你尼姑。"她似懂非懂地哦了声。师父叮嘱她，"你以后不要再溜出去玩了，外面凶险太多。你要听话，要好好念经，佛祖才会保佑你。"她扑闪着一双大眼睛，看着神情严肃的师父，点点头。庵前，一树的白樱花，铺成雪海。几只小麻雀，从花树间飞出，飞上庵堂顶，四下里张望，不知忧愁地喳喳着。

日子自此安定。外面再多的惊天动地，都与她不相干的。她洗衣掸尘，念经礼佛，朝迎日出，暮送日落，日子安静如水。庵前的樱花白，一年复一年。

她也就长到十七八岁了。外面盛传，静心庵里有个漂亮的小尼姑。许多人冲着她来静心庵，一时间，庵里香火鼎盛。

有个年轻人，也来。每个月的月末，乘了船来。船泊在离庵堂不远的河边。她在河边洗衣，望见他的船。他站在船头，一袭白衫，像用樱花染出的一个人。他冲她微笑，她脸红了，低下头去，草草洗完衣，就跑了。

他带了花花绿绿的绸缎到庵里来。她心动那些红粉水绿，却不敢要。一袭缁衣是她固定的装束，她要那些绸缎做什么呢!

他却仍固执地带了绸缎来送她。庵堂拐角处相遇,他一把拉住她的衣袖,呼吸直扑到她脸上,他说:"你长得好美你知道吗?"她的脸"腾"地红了,心扑通扑通直跳。这话,她听人说过千万遍,可是,从他嘴里吐出来,就是不一样。

她吓得转身就跑,一口气跑进禅房。她按住胸口,害怕地想,她这是动了尘念了么?师父说过,一切尘念,都是罪恶。她不停地念:"无眼界,乃至无意识界,无无明,亦无无明尽。"心潮却难平,耳畔响着的,都是他好听的声音,"你长得好美你知道吗?"再去河边浣衣,她对着水里面自己的影子,惆怅不已。水里面的她,粉面黛眉,如一朵白樱花。

师父发现了她的心神慌乱。青灯下,师父语重心长地对她说:"慧灵啊,佛渡静心人,你不要乱了心性,乱了心性,就回不来了。世间恶果,都是乱了心性才种下的,师父不想你有朝一日,自食恶果啊。"她含泪点头。那一夜,她在佛前,念诵《般若心经》,直到天明。

年轻人又来了。这次他来,竟要带她走。他告诉她,他家在杭州,他家经营着好几家绸庄。他爱她,他要带她去杭州,让她留长头发,穿绸缎衣裳,他会陪她,生生世世。她心性大乱,把经念得颠三倒四。师太听见,叹息一声,道:"罢了,罢了,慧灵,你起了尘心,你去吧。"

她跟着年轻人离开了静心庵。走时,庵堂前的一树樱花,开得鼎沸,一朵白叠着一朵白,叠成雪海。师父送她出门,师父眉宇间含着愁凝着怨，一直不说话。她跪拜师父，转身走。师父突然在她身后叫一声："慧灵。"声音里有浓得化不开的泪和哀愁。她的心一抖，像有锐器，痛痛地划过。她想起从小到大，都是师父陪伴在她身边，无微不至照应着她，这一走，就是千山万水了。可她还是要走的，她要奔着她的爱去。

几年后，她重回静心庵，带着一身的伤痕、一身的沧桑。她跪倒在师太脚下，求师太把她蓄起的长发，全部剃去。师太念一声"阿弥陀佛"，手起，刀落，她头上根根红尘的发丝，飘落于地。门前风吹，一树樱花落。

从此，她一心向佛，沉默似青灯古卷。几年红尘辗转，她到底遭遇过什么，她只字未提，师太也只字未问。只是她刚回来时，师父有些失态地抱着她，久久没松手，师父喃喃道："回来就好，回来就好。"

也是到最后，她才知道，做她师父的，原来竟是她的亲生母亲。当年，年轻的母亲，与人相爱，怀了她。但那户人家不容，赶母亲出门。所爱之人，也骤然翻脸。又逢战乱，母亲流落到这个偏僻小镇，奄奄一息，幸好师太救了母亲。不久，母亲在庵堂里生下她。母亲看破红尘，立意出了家。

母亲告诉她这些的时候，母亲已行将就木。师太也已圆寂了好些年。静心庵经历了战火，经历了一些浩劫，但总算，庵堂还在，她们也还有个落脚处。母亲知自己时日不多，紧紧抓住她的手，祈求道："儿啊，你叫一声娘吧。"她泪流满面，使劲张着嘴，可那一声"娘"，始终没叫得出口。

母亲带着遗憾走了。母亲走时，庵堂前开得好好的一树樱花，一夜间，全落尽了。

庵堂冷清下来，少有人来，常常香火不济。这也无妨，她不需要过多的香火，庵堂里有块地，她自己种了。一盏青灯，一卷经书，就够她送光阴的了。她轻诵："观自在菩萨，行深般若波罗蜜多时，照见五蕴皆空，度一切苦厄……"她的声音，已不复当年的清灵婉转。

我遇见她时，她八十多岁了，正握把扫帚，在清扫庵堂前的一块地。一袭缁衣，干干净净，套在她身上，宽大得有些发飘。她脸上的皱纹星罗棋布，但精致的五官，依然照见当年的秀气迷人。庵堂旧得很了，门楣低矮，随时有倒塌下来的可能。樱花树已枯萎，一截树桩，杵在那儿，像牌坊。跟她打招呼，她很和气地笑，复低头清扫着那块地。地上铺着细砖，上面，不见一丝尘屑。

## 初　恋

那算不算初恋呢？

小学六年级，十二三岁的年纪，一个小女生，留意到一个小男生。小男生生得真是好看，长睫毛，圆鼓鼓的小脸蛋，红扑扑的，像只大苹果。小女生远远看着，真想在那脸上捏一下，不为什么，就是喜欢呀。

放学回家，他们有一段共同的路要走。路的一边是河，一边是人家。河边总是开满各色小野花，间或有一丛芦苇，绿意婆娑的。人家的狗，会跑到河边发呆。小男生会逗逗狗。也采

些小野花，拿手上玩耍。

小女生与他隔着一段距离。他走过去了，她刚好走到。看那狗，狗也是好的。看他扔下的小野花，零落在路上，或红，或紫，或黄，那也是好的。他又攀下一枝芦苇来，拿手上甩来甩去地玩，那也是好的。黄昏温柔，晚霞彤红，她就那么默默地跟在他身后，看着一个天地的金粉漫洒。想他回头来看，又顶怕他回头的。怕他撞破了她的秘密。

那会儿，村村放露天电影，放的是《天仙配》。翻来覆去地放，不厌其烦地放，看得老幼妇孺，人人皆知七仙女和董永了。小女生朦胧着，还不懂爱情，只觉得，那七仙女的了不起，神仙都不做了，为了董永，甘愿到人间来受苦。她想，若她是七仙女，她也是甘愿受苦的，为了这个小男生。这么想着，她也觉得自己的了不起。

她和他，就那样，隔着一段距离走着。走了一个秋天。走了一个冬天。走了一个春天。却从未曾说过一句话，小学也就糊里糊涂过去了。

后来，小女生变成中学生，去了另外的地方读书。她和小男生再也没有遇到过。她渐渐忘了小男生，最后连名字也记不起来了。

若干年后，当年的小女生，于春日黄昏，守着一簇炉火，给小学快毕业的儿子炖鸡汤。她不知怎的，突然想起多年前，那些个彤红的黄昏，她和一个小男生，走在一堆的金粉里。"咦，那是我吗?"她发一回会儿呆，自说自话的，这么微笑起来，心儿变得很柔软。楼下有尖嗓子在叫："金玲呀，金玲呀，你走快一点呀。"她探头去看，看到一个小女生，背着大大的书包，踢着小径上的草叶儿，漫不经心的，又是无比青嫩地走着，披一身黄昏的金粉。她笑了。哦，她的儿子也该放学回家了。

## 不做婚姻里的客人

当初，他是热恋着她的，日日情话说不尽。那个时候，她青春，他青春，两个青春的人儿在一起，像花儿照着花儿，每每让看见的人，羡慕不已。在亲朋好友的祝福声中，他们携手步入了婚姻。

曾经的热恋，自此落到实处，褪去浪漫华美的光环，柴米油盐地过起寻常日子。她开始失落。热恋时，他是拿她当公主的，事事都替她考虑好了。下雨天给她备好伞；她加班时给她送好吃的；她心情不好时，带她去吃烛光晚餐；还时时送她小礼物，让她收获意外的惊喜。

现在，他不再宠她，她耍小脾气不吃晚饭，他问，真不吃？她赌气说，饱得很了，不吃。他竟由着她去，一个人吃了。半夜，她肚子饿得慌，伤心得在床上哭泣。他竟不知她哭泣的缘由，还一脸无辜地追问她到底怎么了。

这之后，他们冷战不断。她骂他冷漠自私。他说她不可理喻。鸡毛蒜皮的小事儿，在她那里，都是千般委屈万般恨。

譬如，下大雨的天，她被阻隔在单位，他没有开车去接她，而是一个人先回了家。她委屈得不行，他却没事人似的，翻着一叠报在看。事后她说起这事，他的惊讶，让她气结，他说，你怎么事先不打个电话给我？你不说，我怎么知道？况且，你不是打的回来了吗？打的也很方便啊。

譬如，她的生日到了，她是满怀希望收到他的礼物的。他却在她精心准备晚餐的时候，打个电话告诉她，晚上有应酬，不回家吃饭了。她气得摔了碗碟。他回来，看到满室狼藉，还有哭泣的她，一脸惊愕。他到底也没想出来，那天是她的生日。

如此这般，林林总总，她累积的怨恨越来越深，她变得爱发脾气，常常搞得他一头雾水。他问她，你到底怎么了？她恨恨地回，你是个骗子。她想起恋爱的好时光，当初，若不是他日日情话、处处哄着她，她怎会嫁给他！却狠不下心真心去恨，她在等，等他主动送过温暖来。如果他先对我好，我一定会对他更好的，她私下里跟好友说。

　　她等来的，却是他的背离。他爱上了别的女人，那个女人，无论从哪方面看，都不及她。却会在大街上撒娇，跟他要吃冰糖葫芦。他真的穿过人群，去买来。也会在厨房的烟火里，大声叫着他的名字，指使着他拿这拿那。他竟甘之如饴。

　　她与他，最终分了手。分手之际，她伤心地追问，我到底做错了什么？他答，你什么也没做错，是我错了，我总是没本事猜透你的心事，在你面前，我无所适从。

　　也是到这时，她始才明白，她一直拿自己当婚姻里的客人，时时等着他的礼遇。却从不曾主动"驱使"过他，理直气壮地向他索要过爱。而这恰恰是，他离开她的理由。

## 小 黑

—

小黑是响沙湾的一头母骆驼，15岁。按骆驼的平均寿命三十年到四十年来计算，小黑当属青壮年了。

我初见到小黑时，它正可怜地挨着鞭子。一丈多长的皮鞭，抽在它的脖颈上，发出响亮的"啪啪"声。烈日下，每一粒沙子，都像镶着玻璃碴，晃得人睁不开眼。我环顾左右，找不到一处阴凉可遮挡。我的左边是沙堆，右边是沙堆，前面是沙堆，后面还是沙堆。蓝天白云，像悬空地挂着似的，在沙堆上空寂静。风吹沙响，呼啦啦，沙子直往人的身体里钻。很快，我的衣服里、头发里、嘴里，都是。沙子的力量，比风的力量大，它能迅捷地掩埋掉一座城。——楼兰就是这么消失的吧？

面对这样的炎热和风吹沙走，骆驼们早已习惯了。它们安静地沉默着，背上驮着兴高采烈的游人，都是跑来看沙漠的。一队队，很有秩序地，穿沙渡漠。一批游人走了，又来一批游人，只它们不走。它们生来就是载重的，背上不知送走多少个日月。

我还在看小黑。这是头高大健美的骆驼，浑身的毛发并不黑，而是漂亮的棕黄色。它站着，一下一下挨着鞭子，并不躲闪，深邃的大眼睛，半低垂着，逆来顺受的样子。驯驼师——我不知怎么称呼驯养它们的人，就暂且这么叫着吧。那是一个黑瘦的中年人，一脸的怒气冲冲。他告诉我，这头骆驼不听话。

原来，他带了尚未成年的小骆驼来，是想让小骆驼学着载客的。这旅游的高峰期，多一头骆驼，就会多出许多生意。早晚是要载客的嘛——他说。他给小骆驼套上鞍具，小骆驼却不肯就范，乱蹦乱跳。他甩开鞭子，想给小骆驼一点颜色看，才抽下第一鞭子，这小黑就从驼队里跑了出来，猛不丁的，对着他喷草渣，喷了他个措手不及。

我开始没听懂喷草渣是啥意思。经他解释，方才明白，骆驼的看家本领就是喷草渣。你要是惹毛了它，它就用这个来攻击——胃里反刍的草料，全喷吐出来，暴雨倾盆般的，淋你一头一身，又酸又臭。定睛再看驯驼师，我忍不住想笑，他的身上、头上，密集着黄绿的斑点，原来都拜小黑所赐。

扭头去寻小黑拼了命"救下"的小骆驼。那小家伙正在驼队后面，蹦跳着，逗着沙子玩。它尚混沌着，还处在无忧无虑的童年。

我问，它是不是小黑的孩子？

驯驼师答，不是啦。但随即补充一句，生它的母骆驼死了，它是跟着小黑长大的啦。

这就是了。它是把它当成自己的孩子的。天底下的母爱，都一样，它宁愿为它，忍受千鞭抽万鞭打。

我走近小黑，抚抚它的头，跟它打招呼。我说，小黑，你好啊。也不怕驯驼师不高兴，我由衷地又说一句，小黑，你真了不起。

小黑温顺地跪下身子，让我爬上去。小骆驼跑过来，在它身上蹭，小黑温柔地看着小骆驼，伸过头去吻吻它。驯驼师可能碍于有客在旁，他没再挥鞭子，只是嘴里不停喝骂着，让小骆驼滚到一边去。

我无话找话，我说，师父，这小骆驼真可爱啊，它还是个孩子，还没长成呢，你何不让它多玩些日子？

驯驼师尴尬地笑了笑，嘴里应着，是啊，是啊。扭过头去，看到跟跑过来的小骆驼，没再喝骂。一时间，人和驼，都沉默下来，只听见一声一声的驼铃声，叮叮，当当，把沙漠的空旷弹响。

到达终点时，我从小黑的背上下来。我抚抚它的头，跟它说再见。突然看见小黑的大眼睛里，缓缓地，滚出两滴透明的液体。在大太阳下，水晶一样晃动着。

## 十九朵玫瑰和一把青菜

情人节这天，他带她去买花。

这天的玫瑰贵得有些离谱，二十块钱一朵。但他还是给她买了一捧，不多不少，十九朵。卖花的女孩子熟练地包扎着花束，巧笑倩兮地说，十九朵，代表天长地久，哥哥、姐姐，祝你们一生一世永沐爱河！

她捧花的手就抖了一下，微微的，笑有些僵在脸上。他发现了，以为是花的刺戳到她了，忙低下头来察看，温暖的额抵着她的头。她的心，立即绵软下来。一个男人，能为一个女人着急，总是爱着的。她喜欢看他为她着急的样子，这时候，她有种被疼爱的幸福。

你也会买花送她吗？她突然问他一句。

他一愣，转身搂过她的肩，说，不会。哪会呢？我一生中只会买花送一个女人，那个人，就是你。他温柔的声音，在她耳边萦绕，能融化掉一座冰峰。她释怀了，低头嗅花。这样一个特别的日子，收不到花的女人，总是寂寞的。她想到那个女人的寂寞，私底下暗暗高兴起来，没有婚姻那又怎么样呢？她拥有的，是他的心、他的爱。

她更紧地偎着他走，十九朵玫瑰簇拥成的幸福，就真的有了天长地久的感觉了。她娇嗔地要求道，晚上一起吃饭？他伸手温柔地理理她的发，说，乖，今天不行，今天我得到幼儿园接孩子的。

她有些泄气，低头不语。他好言语相哄，乖，我们来日方长。我明天再买一束花送你好不好？以后我天天买花送你，让你的房间每时每刻都浸着花香，玫瑰的花香。她就好笑地问，你就不怕破产？他笑，不要说是为你破产，就算是要去我的命，为了你，也是值得的。

这话像花香一样醉人，幸福的感觉便又像花香一样环绕着她了。她有些傻傻地问，会是一辈子吗？他信誓旦旦答，会是一辈子的。说话间，他们路过一农贸市场。那是一大型的农贸市场，里面卖什么吃食的都有，整日里热闹非常。近郊农民，会把自家种的瓜果蔬菜，用篮子装来卖。也把自家养的鸡鸭鹅提来卖。他们蹲在市场一角，就像把一个农庄给搬来了。

他陡地想起什么来，在农贸市场前站定，对她说，你等我一会儿，我进去买点东西。她还未来得及答什么，他已跑进热闹的市场里头去了。

她有些无聊地看那些进进出出的人。市场门口有个卖米的老太太，一直拿眼在睃她。她也拿眼看老太太。老太太看着看着，笑了，笑得很慈祥。这什么花哟，好看呢，老太太说。她听了，很开心。她很想告诉老太太，这叫玫瑰，是代表爱情的。而且是十九朵，代表天长地久。但她什么也没说，只是笑着，很甜蜜。

他终于出来了，手上提着一把青菜，很庆幸地对她说，呵呵，差点忘了，好在记起来了。她不解地问，买青菜做什么？他答，哦，早上春芳关照我下午买把青菜带回家的，她说晚上要烧青菜豆腐汤。春芳是他的妻，他说得极自然，像呼吸。

她的手，猛地一抖，有疼痛尖锐锐地袭上心头。低头，她看到她纤细的手指上，有殷殷的血珠子，冒了出来。她真的被玫瑰花的花刺刺着了。那殷殷的血珠子，多像零落的玫瑰花。她如梦初醒，她的甜蜜，不过是盛开在玫瑰花上的，只是一时好看迷人，却终抵不住要受伤、要凋零。真正的幸福，自始至终，是属于那个喝青菜豆腐汤的女人，那是缠绕在烟火中的，盛在家常日子里的。

# 一串珠花

我的青春年少，是活在"灰色"里的。

那个时候，真是低到尘埃。在尘埃里，也只是一株最不起眼的小草，空有颗开花的心，却紧紧关闭着。谁会留意它呢？谁也不会留意的。

我一个人，从乡下跑到几十里外的老街上去念书。彼时，能从乡下考进老街完中的孩子，屈指可数。我穿着母亲纳的布鞋，背着母亲缝的花格子书包，皮肤黝黑，举止拘谨，夹在老街上那一群神采飞扬的孩子中间，实在有些格格不入。

　　老师们都是城里人，跟老街上的孩子都沾亲带故的，他们之间很亲昵。有时，他们在课堂上说说笑笑，关系融洽得如同一家人。对乡下孩子却严厉，眼神里有挑剔。逢到集体大扫除，擦窗子抹地那些重活，一般都是派给乡下孩子的。乡下孩子若是犯了错，定会被老师毫不留情当众批评。老师们说出的话，一字一句，坚硬尖锐，咯得人骨头疼。

　　偏着我极自尊，稍稍的风吹草动，敏感的心里，也会长出触角来，像刺猬。我用那样的方式，对抗我眼里的"不公"。我被贴上了"脾气古怪"的标签，老师们不大搭理我，同学们与我往来也不多。我不作任何辩解，低头、沉默不语。

　　所幸有个角落可以容纳我，让我藏在里面，不受打扰的，做做自己的梦。那个角落，就是书籍。学校门前有条大河，河边少有人家，只有草木在那里自生自长。河里偶尔有船只驶过，惊起一河的浪花，随后又复归宁静。没有课的时候，我就捧了书去，倚着一棵垂柳，或是一棵楝树，读，直读到鸟雀归巢、夜幕四垂。

读书读累了，我会停下来，发发呆，让思绪跟着河水漂上一程。也不确定自己能漂到哪里去。在那时年少的心里，迫切地想做的一件事就是，快点离开这里，到远方去。远方，都是好的，都是镶着彩边儿的，自在、幸福、无拘无束。

就那样，我独自度过了我的中学时代，挥别了我孤独又自卑的青春年少。那之后，我到过一个又一个的远方，它们并没有镶着我年少时向往中的彩边儿，而是一样的凡俗琐碎，一样的有着花开，也有着叶落。我渐渐融入，成为其中的一个。却常在自觉不自觉中，会想起老街上那段青春年少，一个人，独自在河边读书的时光，那样的单纯、安静，没有挂碍。

多年后，我遇见当年的中学同学。他们跟我聊起过往，笑着对我说，那时，你背花格子书包，爱低着头走路，我们看到你，都不大敢说话。那时，你总是一个人独来独往，最爱去学校门口的河边读书，你在我们的眼里好神秘啊。那时，你的作文写得好，让我们很羡慕。那时，我们的班主任，总在我们跟前夸你，说你学习很用功。

散落一地的光阴，被他们穿成了一串珠花，闪闪发光地戴在我那青春年少的头上。原来，我自以为的自卑、不堪和孤独的青春年少，也有光芒闪耀。而善意和友爱的花朵，一直开在我身边。

深 情

写下"深情"这个词时，我想到浓酽如酒的夜；想到冬霜在玻璃上开了花；想到香郁的咖啡；想到雨后的池塘，一池的莲花，笑微微的。

想到地广天阔的野外，一棵树对着另一棵树。

一只鸟对着另一只鸟。

一只羊跟着一只蝴蝶跑。

想到雨打芭蕉，秋风对枯荷。想到黛玉说："我只为我的心。"

想到凤凰古城，沱江边的埙。轻轻一吹响，远古的气息，就风尘仆仆赶来。愿得一心人，白头不相离。

想到四千四百四十四米之上的羊卓雍错，那蓝玉一样的蓝。

多像一滴千年的眼泪，掉在上面。

是断桥边，白素贞那肝肠寸断的一声叫："相公哪！"千年的蛇精，也难逃一个"情"字。

是金岳霖得知林徽因离世，一个人关在办公室里号啕。而她的生辰，他给牢牢记住，每年都替她庆贺。记者登门采访，亦得不到他对她的任何话，他说，我所有的话，都应该同她自己说，我不能说。最后，却像个孩子似的，贪恋地看着记者手里林徽因的放大照片，请求道："你能把这个，送给我吗？"

这世上，最深的情，最真的爱，不是朝夕厮守，而是在距离之外，为你守望。


在一条巷子里，也总是会遇到一对老夫妇。

巷子是条老巷子，我上下班必经之路。巷道两旁植有石榴树和七里香，是我喜欢的。花开时节，石榴树上像悬着无数盏小红灯笼，一路挂过去。而七里香碎碎的小白花，像极满天星，把花香洒得密密麻麻，绊住了人的脚。这个时候的巷道看上去，有点世外桃源的意思，人人脸上都是和善静好的样子。

这对老夫妇，出来散步了。在黄昏时分。

老妇人坐在轮椅里，鹤发童颜。尤其是她的一双眼睛，饱满且亮，孩童般地欢欢喜喜着。她身后的老先生，清瘦矍铄，温文儒雅，推着她缓缓而行。他们仿佛是从杏花暖阳中走出来的。巷道两边都是他们的老熟人了，他们不停地跟这个打招呼、跟那个打招呼。一样的笑容，一样的语调，是花开并蒂莲。

一个数字足以说明一切，她瘫痪，三十余年。他守着，三十余年。

听闻的人，先是发一回愣，看着他们，半天，才冒出一句："不容易哪。"

情起容易，难的是，一往而深。


她爱他，是那种偷偷藏在心里的。罗敷未嫁，然君却有妇。她与他之间，注定隔着一水盈盈。

可是，不能忘啊。过尽千帆，他还是她心中的唯一。

她去他住过的乡下，走他曾走过的路。在他出生的那个偏远小镇，她坐在邮局门口的石阶上，看两个稚童追逐着玩耍。想他也曾是其中的一个，她笑出两眶的泪来。

她去他念过书的小学，趴在铁栅栏上朝里望。守门的大爷问："姑娘，你找谁？"我找谁呢？她在心里问。茫然半天，她只得笑着摇摇头，说："我不找谁。"走过的每一个少年，都是他的曾经呵。

她后来去了他的老家。那个石头垒成院墙的小院子，她在他拍的照片上见过。小院子里有灯光渗出，他爹娘的声音，喁喁地响在院墙内。她多想敲门进去，终究没。她把一朵小野花，插在他家的院门上。对着看一看，再看一看。天空暗下来。星星们出来了。凉薄的露，打湿了衣。她该走了。

该走了。她转身，在心里默念着他的名字，一遍，一遍。她说，我走了。

今生今世，也就这样了，能想念多久，就想念多久。他永远也不会知道。


电影《情书》里，渡边博子给天堂里的藤井树写信："亲爱的藤井树，你好吗？我很好。"

我的窗外，雪开始飘了，一朵一朵，似茉莉花开。是等了很久的雪。

渡边博子在雪地里跑，一边跑，一边撕心裂肺地喊叫，你好吗？你好吗？你好吗？

我紧紧身上的衣，真冷。起身找一件毛毯，覆在膝上。绿蚁新醅酒，红泥小火炉——此刻，真想有啊。还有，陪伴着共饮的那一个。

一个人的信息适时抵达："下雪了，你还好吗？"隔着夜幕沉沉，我怔怔地看着这一句，胸口突然一阵发热。

你还好吗？

只这一句问，便顶过世上千言万语。

## 见字如面

我给一个女孩回信。

女孩远在武汉，是我的读者。她喜在纸上一笔一画，向我倾诉小心思。

我去楼下的报纸箱里取报纸，就看到躺在其中的牛皮纸信封。——这样的信封，我也常见到，里面多半塞着样刊样报，编辑给寄来的。但这一封不一样，撕开封口，里面掉出的，是两只粉色的"千纸鹤"，和两朵风干的水仙花。

女孩很用心，她把她的信，折成千纸鹤了。又纯真，又美好。

展开，看她可爱的字，一个一个，落在纸上。每一个字，都像是春塘里的小蝌蚪，带着温度，带着春的好意。让人看着，心里暖，暖到生出绿的藤蔓来。

这种感觉，久违了。

是高中时，与要好的同学暑假分别，竟也信来信往不断。说些什么呢？无非是今天的心情好不好，今天吃了什么、做了什么。屋后的凤仙花开满墙脚。厨房顶上的丝瓜，又结了两条。却在信末，煞有介事写上一句：见字如面。

彼时，一字一字，落在纸上，都是欢笑，都是快乐。

大学时，离家远了，填补虚空与思念的最好办法，就是写信。最喜夜深人静，蚊帐放下，钢丝床上那一小块天地，都是自己的。这个时候，摊开信纸，伏在枕上，任由文字带着自己的思、自己的想，满世界飞去。给父母写，给兄弟姐妹写，给亲戚朋友写，给同学写——甚至，给老家的邻居写。能想到的人，都给写了信去，连家里养的猫啊狗的，都给问候到了。是那样的万分诚恳，是那样的热情似火，说着爱，说着好，说着感激，说着想念。在信末往往会很认真地写上：见字如面。

见字如面。见字如面。每一个字，都那么深情款款、可触可摸。世界美好得很纯粹。

那会儿，穷学生没多少钱，但还是从生活费里，克扣下一些来，去买了漂亮的邮票和信纸。集邮也成了很多年轻人的爱好，来往信件多，花花绿绿的邮票自然也多。把信封上的邮票，小心剪下来，放水里稍稍泡一泡，邮票上面涂着的一层胶水，就会自动脱落。我有一本厚厚的集邮册，就是那时给攒下的。

每日也必去校门口，为的是，等那绿色的邮车驶过，想着那里面或许正躺着自己的信，备觉亲切。一俟看到收发室门前的小黑板上，挂上自己的名字，总忍不住一阵耳热心跳。赶紧跳着去取了信，捂在胸口，生怕它像蝴蝶似的，给飞了。一路小跑，找个没人的地方，坐下来，慢慢读。这时，头顶上若有一树的花撑着，那是十分应景的。若是没有，也不要紧。风吹着，那信纸上的每一个字，都似花开。心情也跟着芬芳起来，如栀子。

那时，最富有的收藏，是信件。宿舍里有女同学，专门用一只红漆小木箱，装她的信件。她每每打开小木箱，脸上的表情，都是又温柔又甜蜜。她大多数的信件，都来自一个瘦瘦高高的男生，同一个校园住着，却仍喜写了信来，字字都是道不尽的爱、说不尽的情。毕业后，他们没能牵手走下去，可那些信件，却成了一个青春，最丰盈的记忆。

很可惜的是，我的一堆旧信件，在数次的辗转迁移中，大多遗失了。一同遗失的，还有那栀子一般的心情。在暌别多年后，我终于重新拾起笔，坐在台灯下写信，我的手底下，温情迭起。见字如面。见字如面。想到收信的女孩，该是怎样的快乐，眉目含笑。我也变得，十分十分的快乐了。

# 白茶花

———

有些故事的开头，并无奇特，寻常得就如同一日三餐。

他遇她，便是如此。

她在他下班回家的必经之路上，摆摊卖炒货。他路过若干次，有时会扭头看看，有时不看。只当路过一棵树、一幢房子。

但到底落进眼睛里了，有了印象。一次，商场里相遇，他在挑衣，她也来挑衣。商场的灯光，打在她的侧脸上，柔粉一样的。让他想起月下的花蕾。他看了一眼，再看了一眼，觉得

很眼熟，却想不起在哪里见过。

他在脑子里盘旋了好久，终在下电梯时想起来，她是那个摆摊卖炒货的。

不知出于什么心理，隔天，他下班回家，拐去她的摊子前，买了十块钱的炒瓜子。

她低头，麻利地给他称重装袋。他不错眼地看着，她的侧脸，看上去真是温婉。她抬头，碰到他的目光，回他一个浅浅的笑，把袋子递给他，说，走好啊。

他"哦"一声。她的声音，也是好听的。

瓜子他不爱吃，他给了母亲。母亲挺奇怪的，问他，怎么突然想到买这个带回来给我？他笑笑，不作解释。

之后，他再经过那里，就很留意地看她。她的摊位上有时很忙，簇满了人。他的眼光越过人群，会看到她的侧脸，花蕾一样的。有时，她闲着，手上捧一大幅十字绣，在绣。静好得像一幅画。偶尔的抬头，目光会与他的相遇，蜻蜓点水般的，无甚特别。他想，她是不记得他的了。也只这么想想，并没有想过，他与她，会有什么交集。

日子就这样翻过很多页去，波平浪静的。那天，他去省城出差，事情办得差不多了，就到省城最热闹的街市区去逛。人群里，突然瞥见她。没错，那一低头的温婉，让他想到月下的花蕾。

她抬头，看见他，很意外地"啊"了一声，是见着老熟人的表情。

后来，她告诉他，是早就"认识"他了的。

因为，每天都看见你走过我那里啊。天天走着的，也就那么些人。她低头，笑。想一想，又说，你很特别呢，你与那些人不一样的。

他听着，很受用。有些虚荣了，追问，是怎样的不一样呢？

她答不上来，只是笑着嘟哝，不一样就是不一样嘛。

那天，她是陪要出嫁的表姐，来采购结婚用品的。表姐被一帮同学拉去玩了，她落了单，出来走走。他们一起逛了不少地方，说了不少话。傍晚，天冷，他把外套脱下来给她披。分别的时候，他执意让她先穿着，说等回家了再还。

改天，她还他衣裳。他发现，袖口上，被同事的烟头烫出一个小洞的地方，多了一朵花。是朵小茶花，白色的。一针一线绣上去的。他动了心。——他其实，早就动了心的。她那低头一笑的温婉，很出尘。

悬殊是明摆着的。他多优秀啊，家境优越，父母都在政府机关，他本人亦是名牌大学毕业，有着一份让人艳羡的工作。在婚恋对象上，他左挑右选，尚没找到合意的。她呢，不过是个乡下小丫头，不曾念过大学，跑来城里投奔亲戚，摆摊卖炒货。老家也给相了一门亲，是个搞装潢的小木匠。只等着她年底回家，就把亲事给定下来。

他们的交往，历尽艰难险阻。最后，他不惜跟家里闹翻，搬出来和她一起住。她感激他，一句许诺，重过千金，她说，这辈子，就算吃糠咽菜，我都跟定你了。

结婚才两个月，他出事了。严重的车祸。大难不死，却成了植物人。

她没有哭天抢地，只是不住地祷告上苍，谢谢，他还在。谢谢，他还在啊。

一年，两年，五年，十年，十五年，她守在他身边，不停地呼唤着他。

她早早告别了青春，变成一个中年妇人。他躺在床上的容颜，却一如当年，眉目疏朗，轮廓分明。所有见到他的人，都直呼奇迹。他能活过这么多年，已是不易。更不易的是，他活得竟是这么的好，身上没有一块褥疮，肌肉没有一点点萎缩。

在他躺下的第十六个年头，他终于，慢慢苏醒。他开口说话了，梦呓般吐出两个字，茶花，茶花。那是她绣在他袖口上的花。还有，茶花本是她的名。她叫白茶花，很俗气。却一直在他混沌的世界里，芬芳着。

第五辑

# 人间好时节

——————

:

春有百花秋有月，夏有凉风冬有雪。若无闲事挂
心头，便是人间好时节。

# 立 春

—

2月3~5日，东风解冻、蛰虫始振、鱼上冰。花信三候：一候迎春，二候樱桃，三候望春。

古人对立春，是颇当回事的。
从杜甫的诗中，可以一窥：

春日春盘细生菜，忽忆两京梅发时。
盘出高门行白玉，菜传纤手送青丝。

巫峡寒江那对眼，杜陵远客不胜悲。

此身未知归定处，呼儿觅纸一题诗。

春去春又回。岁月又转过一轮去，自然界中众多的生命，在萧条与复苏之间，历练得越发顽强。比如小草。比如树。比如花朵。比如虫子。

人却不行。人一旦萧条了，要翻身，难。人又太容易触景伤情、追忆流年。这不，又是立春了，漂泊他乡的杜先生，独立寒江头，眼眺远方。草色遥看，都返青了吧？小绿茸茸。可是，从哪里突然伸出一双小手来，很疼地在他的心上揪了一把，他止不住悲上心头。乱世里，他活着，竟比不上一株小草的，小草还有根有家，他却不知自己这把老骨头，终将归于何处。

回忆里偏偏梅花点点，笑语喧喧。是在长安，是在洛阳。也是立春，那么多迎来送往，人影幢幢，纤手迭送出白玉青丝，花好月圆，锦绣铺排成一条河了。

人在好时光里浸泡过，一旦失脚跌进苦涩里，那落差的巨大，才叫不堪，会让心也跟着青肿的吧。苦日子奔着好日子去，是快乐的、感恩的。好日子沦陷到苦日子里，最难消受。

何况，还是乱世。

何况，国破家亡。

不逢乱世，岁月安好，实在是最大的造化。

珍惜吧。

还是说说立春。

我喜欢的是，他时代的立春，是那样的俗世欢腾。

尽管身处乱世，那欢腾，也还是从厚厚的云翳里，落下一丝光亮来。那是当作节日来过的。

这天，全家大小人等一早起床，忙着采摘蔬菜。荠菜、菠菜，或是芫荽，蓬蓬的碧绿，青丝一般。再挑出几样水果，苹果或梨子。没有新鲜的水果，用柿饼替了吧，用萝卜替了吧。又在厨房里把菜板剁得咚咚咚，那是在做饼饵的馅。饼饵，即饺子，是要包上一些的。它们躺在匾子里，只只洁白如玉。等这一切都准备妥当了，装上盘，一盘一盘的春盘即成。再由灵巧的女儿家分送给亲朋，把美好的祝福，也一并奉上。

春天，似乎款款走来了。

真好。

过日子，就该这么兴兴的。


我的立春，是淡着的。

大家的立春，也都是淡着的。有人甚至不知道这个日子，这个日子，也就过去了。

至多是在聊天时，随意聊到它。

知道吧，昨日立春了。说的人正说着别的什么事，突然想起这个来，顺便提了一提。

听的人稍一愣神，哦，都立春了么？这么快？

也仅仅是这么一愣神。天还是冷得慌，眼看着要下雪了，雪却一直没有下。

花架上的水仙，也才姗姗开了。我一直搞不定，该把水仙纳入到冬季，还是春天。人们大多是用它来迎春的。春节里，家里若开着一两盆的水仙，那是很让人高兴的。

我细数着花朵儿，一朵两朵三四朵，朵朵轻舞飞扬。对着它看久了，我总觉得它在笑。"仙风道骨今谁有？淡扫蛾眉簪一枝。"我喜欢这两句。水仙是俗世里的神，素素妆，淡淡笑。一笑倾人城，再笑倾人国。

风信子也在开。雪白的一撮，像雪。我把它移到我书房的窗台上，我每敲一个字，就抬头看它一下。我觉得热闹。花开如同市井，那份俗世的活的闹腾，你且听听，再听听。

忽然想起电影《立春》里，王彩玲说的话来。那个长相丑陋，一直为梦想奋斗，却屡屡碰壁的女人，最终回归宁静，她私语般地低声道：

立春一过，城市里还没有什么春天的迹象，但风真的就不一样了。

我打开窗户，让风走进屋内来。伸手探一探它的温度，果真呢，有些不一样了，那上面，已吸附着春的暖意。

# 雨　水

2月18~20日，獭祭鱼、鸿雁来、草木萌动。花信三候：一候菜花，二候棠棣，三候李花。

雨水这天，没下雨。

气温却有点反常，一下子蹦得老高。在太阳下待久了，微汗。

路上的行人最是好玩，穿什么的都有。爱美的姑娘迫不及待换上短装了，害得家里老祖宗跟后面一个劲儿嘀咕，春要捂春要捂呀。年轻人才不爱听老年人的唠叨呢，她们一阵风似的跑出去。即便受了寒，身体也是扛得住的。——年轻嘛。

一只小野蜂不知打哪儿冒出来了，在我的窗台上爬，跌跌撞撞着。它可能误以为春光已无限。

春光也真的遮不住了。打开窗户，风变得轻软。河边的柳，早在轻寒之中，绽放出了鹅黄的芽。原谅我，每每看见这早春的柳，我总有种特别想吃的欲望。我想捋了它的芽，凉拌了。

如果能落上两场雨，乡下的枸杞头也很快会绿成一片了。还有荠菜和马齿苋。都是野地里生、野地里长的。摘下来，拌拌炒炒，春天的好滋味，便全在舌尖上打着滚了。


民俗中的雨水，是极有意思的。

川西有"拉保保"的风俗。拉保保是指给孩子找干爹。做父母的疼爱儿女，希望自己的小儿小女能顺利长大，就在雨水这天，备了酒菜香蜡等物，领着孩子，到拉保保的特定场所去。他们在人群中穿来穿去，一旦找到合适人选，上前扯住这个人，口中叫道："打个干亲家。"就地摆好酒菜，焚香点蜡，叫孩子磕头认下干爹，拉保保就算成了。

同样是川西，雨水这天还有个习俗，出嫁的女儿，必回娘家，带上一截红绸子，和一罐炖好的肉，孝敬父母。

遗憾的是，这种人情味极浓郁的习俗，并没有得到推广和传承。

一路的快马扬鞭中，我们丢掉了一些好东西、好传统。

我回了趟老家，去看望父母。

老家屋前，一览无余的，都是阳光，真正奢侈得不行。

我搬把椅子坐太阳下，听村人们闲话，听父母闲话。眼睛逡巡着门前的田地，那里长麦子、长青菜，也长玉米和水稻。村人们担心着，雨水天没落雨，今春的雨水怕是会少得很。"雨水有雨庄稼好，大春小春一片宝。"——与大自然相处久了，他们人人练就了一身给大自然把脉的本领。

我去屋后转。屋后有竹，一直蔓延到河边去了，蔓延成林。记得当初我家刚搬来的时候，我爷爷也不过随手植下一两根，如今竟旺盛成这样。

竹在，我爷爷却已作古好些年了。

河呢？曾经浩荡的河，早已经严重瘦身。河里看不见游鱼。看不见绿绿的水草，在水里面招摇。水彻底变了模样，浑浊的，像老年人的眼。河边杂草丛生，从前下到水边的泥阶，完全被荒草淹没。一河两岸，都是寂静。

我站在那儿，看了很久。我爱着记忆里的，也爱着眼前的。无论喜，无论悲，它们都是我生命中的一部分。

感谢它们路过我的生命。

村庄的老，在我的父母身上体现得最为明显。父亲跟我闲聊，他问过的问题，过两分钟后，会再重新问我。

他问，以前你在唐洋住的时候，跟你们关系好的那个六子，现在在做什么？

我答，他现在帮人家管着一家超市，做经理了。

父亲"哦"一声，表现出十分惊奇的样子来。随后又帮着六子欢喜，问，他一个月应该挣不少钱吧？

我说，反正够过日子吧。

父亲点头，赞许道，六子不简单。

过了两分钟，父亲的话题，突然又绕到六子身上来。他问，那个六子，现在怎么样了？

我答，他在管着一家超市呢。

父亲惊奇了，仿佛第一次听说，叫道，真的啊！那他一个月，该挣不少钱了。

我拍拍父亲的手背，鼻子有点酸，我说，是的，爸爸。

母亲的记忆，也大不如从前。她常翻来覆去地找一样东西，她不记得把它放哪儿了。而那样东西，明明就是她刚刚才用过的。

晚上聊天，父亲跟我谈村子里的一些人和事。这个死了，那个亡了，都是我熟悉的。父亲说，村里死的人多，生的人少，现在基本上很少有孩子出生了。

我难过得无语。我不知道拿我的村庄怎么办。

我能做的，只有趁我的父母都还健在，争取多回几趟家。

有种孝道，叫陪伴。

## 惊　蛰

——

3月5~7日，桃始华、仓庚鸣、鹰化为鸠。花信三候：一候桃花，二候杏花，三候蔷薇。

惊蛰是有着大动静的。

惊蛰当然有着大动静。

万物还都懒洋洋地在做着梦呢，完全地没有提防，平地突然一声雷动，震耳欲聋，真正是吓了一大惊的！

沉睡的土地，被惊醒了。

沉睡的山川，被惊醒了。

沉睡的草木，被惊醒了。

虫子们最不禁吓，一声巨响，把它们惊得从梦中一跃而起。农谚有："惊蛰节到闻雷声，震醒蛰伏越冬虫。"说的就是这么回事。那场景稍想一想，就让人忍俊不禁。是你踩着了我的脚，我撞着了你的头，挤挤挨挨，仓皇奔走。惊呼声四起，哦哦，是哪里的巨响？发生什么事了？

总有一两只胆大的虫子，率先破穴而出。探头一看，土地松软，小草吐芽，花朵含苞，空气湿润且甜蜜着。

哎呀呀，原来是春天回来了呀。

于是乎，万虫欢呼雀跃，奔走相告，春天来了！春天来了！

一个世界，跟着鼎沸喧腾起来，冬天的沉重，一掀而去。"惊蛰过，暖和和，蛤蟆老角唱山歌。"——瞧瞧，日子多好，开始要唱着过了。

农夫们休息了一冬的锄头，也痒痒得很了。春播秋收，这是每个农夫都懂的道理，也是每把锄头都懂的道理。"过了惊蛰节，锄头不能歇。"啊，它们早就候着呢。

诗人写惊蛰，更像拍摄的纪录片，有声有色：

促春遘时雨，始雷发东隅。

众蛰各潜骇，草木纵横舒。

生命的春天，就这么欣欣向荣起来。

惊蛰这天，民间照例要举行一些仪式，比如，"打小人"。说的是惊蛰这天，虫子出来了，小人也出来了。各家都要跑去庙里寺里去，鞭打泥塑的小人，以保一家老小平安。

还有一风俗，委实有趣得很，名曰"炒虫"。惊蛰雷动，百虫"惊而出走"。人们面对虫子兴盛之场景，不无忧虑地想着，任其发展下去可不得了哇，这家园还不成虫子的家园了？他们想出法子来对付，这法子就是，把"虫子"给炒熟了，吃下肚子去。多干脆利落！

其实，哪里是拿真虫子来炒呢，不过是用豆子或玉米粒代替了，吓唬吓唬虫子们。"虫子"炒熟后，盛在浅口的筐筐中，全家人团团围坐在一起，你抓一把，我抓一把，边吃边欢叫："吃炒虫子喽！吃炒虫子喽！"有时，乡邻之间，还展开比赛，看谁吃得多、吃得快、嚼得最响。大家都要来祝贺获胜的那个人，祝他为消灭害虫立了功。

人到底是善良的，也不是动真格的，真的就要灭绝了虫子们。他们所使的招数，纯粹是找个乐子，为春耕助把兴的。

## 春　分

3月20~21日，玄鸟至、雷乃发声、始电。花信三
候：一候海棠，二候梨花，三候木兰。

到春分，春天已很春天了，华衣锦服，环佩叮当，山花插
满头。

真个是花俏她也俏，盛年锦华。

她其实，更像个古怪精灵的小丫头，被大人管束得厉害，
在人前，也假装端着淑女的架子。一俟转身，剩她一个人了，

她便本性暴露，完完全全放开手脚，撒开脚丫子就奔跑起来。一路跑，一路泼洒着她早就积攒好的颜料，或红，或白，或粉，或黄，或紫。泼洒到哪里，哪里就开出花来。桃花、杏花、梨花，多不胜数。再不开，就来不及了呀。你走过它们身边，仿佛就听到这样的话语。生命总要激情燃烧一回，才不枉活过一场。

　　菜花，还有南挪北移来的樱花、海棠和紫荆，再加上一些小野花。哪一朵，不是在不要命地开着？哪一朵，不是极尽好颜色？又哪一朵，不是富足华丽的？

　　这个时候，哪一处都是美的，哪一处都入得了景。人差的就是眼睛了，多想再多生出几双眼睛来，把这美景都看遍。不，不，还是最好变成鸟吧，大声鸣唱着才行。在花树间唱。在绿草地上唱。在河边的柳树上唱。在冰雪消融的山头上唱。

　　一千多年前的书法家徐铉的春分，逢着雨了。他写："天将小雨交春半，谁见枝头花历乱。纵目天涯，浅黛春山处处纱。"读着，恍惚，仿佛时光从未曾走远过。它一直还停留在那样的春光里，一样的枝头花开灼灼，一样的山抹青翠。

　　连惆怅，也是一样的。"焦人不过轻寒恼，问卜怕听情未了。许是今生，误把前生草踏青。"美到极致的景致，总容易让人忧伤。是轻轻一拨动，就响彻心房的那个"情"字，前世今生，几多相逢，又几多错过。生生叫人剪不断、理还乱！

　　乡下的春分，却一点也不惆怅，春耕大忙着呢。农谚有："春分麦起身，肥水要紧跟。"古诗里也云："夜半饭牛呼妇起，明朝种树是春分。"到处是一片繁忙景象，哪有闲工夫去触景伤情。

我去乡下看菜花。我妈整个人，淹在一片菜花地里。她在给里面的蚕豆追肥。菜花的花粉，扑她一身，她是黄灿灿的一个人了。我为那美，惊得说不出话来。我妈直起身，她身前身后的菜花，立即摇动起来，花粉乱溅。她看着我笑，说："再过些日子，你就有青蚕豆吃了，到时，你要回家来吃啊。"完全不应景的一句话。在她，日日与菜花相伴，早已融入其中，妥妥帖帖。儿女才是她永远的关注和牵挂。

我跟着我妈回家。一路走，一路触碰着那些花。春天沾在我的衣袖上了。我妈的背影里，更是驮着春天。我看着，心波流转，一时间，竟不能自已。

晚上，我读到一个孩子写来的信：

我有一个梦想，希望全世界的花都好好地开。

## 清 明

——

4月4~6日，桐始华、田鼠化为鴽、虹始见戴。花信三候：一候桐花，二候麦花，三候柳花。

清明是春天的一道分水岭，春行到此处，该绿的叶都绿了，该开的花都开了。随便一搭眼望过去，褐色的大地上，到处簪满黄花绿草。难怪古人把清明节又叫作踏青节。春光撩人哪，此时不踏青，更待何时？

宋吴惟信在《苏堤清明即事》中写道："梨花风起正清

明，游子寻春半出城。日暮笙歌收拾去，万株杨柳属流莺。"
瞧瞧，这等踏青，何等浪漫！将近半城的人，于清明这天倾巢
而出。放眼处，梨花飘白，杨柳依依。人们三五成群，笙歌飞
扬，一直玩到日暮才尽兴而归。而在张择端的风俗画《清明上
河图》里，清明又是另一番喧闹景象：汴河沿岸，房屋齐整，
树木参天，男男女女云集，有坐了船来的，有乘了马车来的，
摩肩接踵，挤挤挨挨。踏青的盛况，可见一斑。

　　我的乡下，不踏青。乡人们日日与大地相伴，早已融入彼
此的生命中，无须多出这一章节。但在清明这天祭祀的风俗，
却被沿袭下来，一代一代。他们称清明节为鬼节，说这一天，
被阎王爷拘禁着的大鬼小鬼都出来放风了。于是家家烧纸钱，
户户祭祖先。菜花地里的土坟，早几天前就被装扮一新，新培
了土，坟上插满大大小小的红纸幡白纸幡。在成波成浪的菜花
映衬下，那些红纸幡白纸幡，很像纷飞的红蝴蝶白蝴蝶。我们
小孩子，平日里闻鬼即怕，这时却都忘了怕了，远远望着那些

坟，觉得无限神秘。

清明这天，祖母捉住到处乱跑的我们，把我们一个一个揿到堂屋中央，让我们对着家神柜磕头。家神柜上，摆有祖宗的牌位，上面立着我们未曾谋面过的老爹老太。供品都是家常小菜，碗里的饭，堆得尖尖的，上面插着筷子。一旁燃着香与烛火，气氛庄严。祖母说，好好给祖宗亡人磕头，祖宗亡人会保佑你们平安的。

头磕完，没我们的事了，我们撒腿跑出去，折杨柳，掐菜花。底下有一项重大活动，那就是簪菜花。女孩子头发长，花好簪，随便掐两朵，簪在辫梢上，或是发里面。男孩子多是短发，花簪不住。他们想了主意，先用杨柳编成花环，把菜花一朵一朵簪在上面，然后戴在头上，就是灿烂的花冠了。

大人们此时都是宽容的，由了我们一朵菜花一朵菜花地糟蹋去，因为清明这天就该簪菜花。有歌谣是这样唱的："清明不戴菜花，死了变黄瓜。"至于菜花与黄瓜，到底有没有关联，不管的。我们头上簪满菜花，在乡间土路上又蹦又跳地唱。一场沉重的纪念，愣是被我们演绎成无尽的快乐。

成年后，我曾翻阅大量资料，想找出清明节簪菜花的由来，无果。我也曾就此问过老一辈的人。老一辈的人呵呵乐了，说，祖上就是这样流传下来的啊。

多好的流传！我想，怀念本是一种温暖行为，而非冰凉与凄清。当菜花簪满头，它昭示的是：我会记住那些逝去的爱，我将心怀美好地活着。

# 谷 雨

4月19~21日，萍始生、鸣鸠拂其羽、戴胜降于桑。花信三候：一候牡丹，二候酴醾，三候楝花。

谷雨是雅着的。

是手摇折扇、拈花一笑的翩翩公子，腹有诗书，眉目朗朗。雨来，轻敲他的窗。他呼三五好友，于某座亭中闲坐，听雨品茗，吟出"壶中春色自不老，小白浅红蒙短墙"之类的诗句，当是十分的应景。

值此时，雨水渐渐旺盛起来，有时昼夜不息。滴答，滴答，如弹六弦琴。

"雨生百谷"——万物也都按照它们应有的样子在生长。花开到深处了。叶绿到深处了。满世界的珠翠摇红。时光的脚步，变得优雅起来，不紧不慢。

真是极适合品茗的。

何况，又有着唇齿留香的谷雨茶！

这个时候，茶园的茶叶，最是鲜嫩时。芽叶们吸足雨水，色泽浅翠，肥硕柔软，香气袭人。在茶园遍布的南方，也就有了谷雨摘茶的习俗。此茶被称为谷雨茶。因一部《茶疏》而闻名于世的明代学者许次纾，就十分推崇谷雨茶，他在《茶疏》中写道："清明太早，立夏太迟，谷雨前后，其时适中。"

美味与舌头的相遇，也是要看缘分的，不早不晚为最好。

有南方朋友给我寄来谷雨茶，言说是他亲手摘的、亲手炒的。茶有个可爱的名字：雀舌。是一芽两嫩叶的，形如雀之舌。我是个不懂茶的人，平素也不大喝茶，品不出好歹来。至多是泡点枸杞红枣什么的，渴了，咕咚一下入喉。我怕这么好的茶叶，被我糟蹋了，有暴殄天物之嫌，遂转手送给一个爱喝茶的人。那人虽是个小小门卫，但无茶不欢。每每见他，总捧着一壶茶，在慢慢品。笑眉笑眼的，极满足极陶醉的样。

他有各式各样的茶具，都是他淘来的。他给我展示过，摆了一桌子。他说不同的茶，要用不同的壶来泡，才入各自的味。我不懂这个，但被他感动。我觉得那是一种极好的生活态度，有着饱满的热爱在里头。我送他茶叶，他感激不已。舍不得喝太多，一次只抓一小撮，能品上一整天。遇到我，总要提及。好茶啊，好茶！他说。我很开心，茶遇到懂它的人，是茶的福。想来送我茶叶的朋友也不会怪我的。

谷雨也宜赏花。

赏的自然是谷雨花。

它还另有个响当当的名字：牡丹。都说它是花中之王，富贵雍容，可谁知它也是高处不胜寒呢。传说被武则天贬去洛阳，它甫一盛开，百花黯淡。"唯有牡丹真国色，花开时节动京城。"于是，一拨又一拨的人，不顾车马劳顿，追去洛阳赏它。却都在距离外，谁也走不近它，它只落得个睥睨群芳的清高之名。

人赋予它谷雨花的称呼，则含了亲昵、含了爱怜。给它摘去了那些累赘的凤冠霞帔，还它贴身体己的布衣荆钗，让它接上地气，变得家常。——它原不过是朵女儿花。

我祖父就种过牡丹。他说芍药配牡丹。他在我们的草屋子门前种。两株芍药，两株牡丹。谷雨前后，它们都开出碗口大的花，红艳艳的。村人们得闲了，就到我们家屋前来转转，眼睛溜上两眼花，并无过多惊喜，至多说一句，这花开得好啊。再没别的话。转过身，他们唠起农事来。"谷雨前，好种棉。"唔，要给棉花播种了。

花在他们身后，就那么，很自在地开着。一两只蝴蝶，或是野蜂，在花间轻轻鸣唱。

## 立 夏

—

∶

5 月 5~7 日，蝼蝈鸣、蚯蚓出、王瓜生。

前人给节气取的名字，真是一个赛一个的生动。比如惊蛰。比如清明。

还有立夏，和后面的小满、立秋、白露之类的。

太阳一升高，夏天就站立起来了——起初我是这么理解的。可是不，前人说："斗指东南，维为立夏，万物至此皆长大，故名立夏也。"哦，原来，这里的"夏"，是指大。它在昭告天下，万物长大了。

万物也真的在拼了命地长。花事已过，绿在成批量繁衍。该挂果的树木，都挂果了。像桃树和梨树。它们已然一身绿装，枝条上趴着密密的果，也是绿得透透的，跟翡翠珠儿似的。麦子已吐出绿绿的穗子，微风过处，绿波倾荡。油菜们缀一头一身的籽。桑树地里的桑叶，肥绿得泛滥。蚕事已登场。

小孩子是很喜欢过立夏的，因为，有煮鸡蛋可吃。对于难得见到美味的穷家孩子来说，那无疑是值得期待和欢欣鼓舞的。"立夏到，吃口鸡蛋好长肉。"——我们都会唱这样的歌谣。立夏这天，再节俭的人家，也舍得煮几只鸡蛋，分给孩子吃。我奶奶还特地关照，要躲到麦田里去吃啊。

自然乐得遵从。我们握着那只温热的鸡蛋，直奔着麦田而去，一直奔到麦子深深处。各人挑选一处隐蔽地，把自己藏好。像小鱼钻进绿绿的水草里。刚剥开蛋壳，一股子蛋香，就直钻鼻孔。蜜蜂在旁边嗡嗡闹着要吃，不给。蚂蚁在地上喧闹着要吃，不给。我们小口小口享用，一口蛋白，一口蛋黄，真希望天天立夏才好呢。至于为什么要躲到麦田里吃蛋，我们是不管的。风俗里如此，我们心悦诚服着，带着欢喜，带着神圣。

我大学刚毕业那年，分配到偏僻乡下的一所中学任教。当时留校住宿的老师，只我一个。人生地不熟的，孤独感便常常像涨潮的潮水般的，一浪高似一浪地来袭。那日适逢立夏，正暗自伤神，一男同事突然来敲我的宿舍门，给我送来煮好的鸡蛋。他说，你一个人在外头，节也是要一样过的，吃口鸡蛋防痒夏啊。

我真真是意外极了。这个男同事，是个理科生，平日说话大声大气，聒噪得很。一遇不如意，他能立即暴跳如雷，对谁也不买账。这样的人，我自是避让得远远的，素来也无过多交往。校园里遇见，至多是点点头，算作招呼，却没想到他有这么温柔细腻的一面。

后来，与他渐渐相熟，知他原是个极好的人。有个两三岁的小男孩，聪颖活泼。有妻名唤司南妹，长得珠圆玉润，大眼睛，大酒窝，看上去极养眼。妻的为人也豁达豪爽，我们一行同事到他家里去，她陪我们吃饭，豪气地举杯，一口一杯白酒。他则在一边不停地帮着她布菜，柔声关照道，先吃口菜再喝，先吃口菜再喝呀。

那时，我以为，婚姻的幸福模式，就是这样的，不一定要举案齐眉，但却把疼爱你的心，一点一点，渗进你吃的饭菜里。

不两年，我调离那儿。又几年，遇到以前同事，聊起他。同事却告诉我说，他已离了婚，重娶一老婆，凶蛮，把他管得很紧。

我怅惘很久。想起那年立夏，他送我的煮鸡蛋。他说，是我家司南妹煮的。他说这话时，眉宇间，漾着很动人的幸福的波。

## 小　满

5月20~22日，苦菜秀、靡草死、小暑至。

突然地，想起槐花。这时节，槐花应该正当时。

顺便地，想起其他的花来。

从我所在的教学楼的三层，或是四层。朝北的窗户，往下俯瞰，是小城居民的老房子。一律的平房。房前都长着高高的泡桐树。四月里，泡桐开花，累累一树紫色的花，柔媚得不成样了。我上课的间隙，总自觉不自觉地把眼光扫过去，为它欢喜得心疼。它就那么开着，那么开着啊，撑着一树紫色的"铃铛"。风摇，"铃铛"似乎叮当有声，声声都是在唤：春且留住。春且留住。

春到底留不住的，谷雨过了，立夏又至。却不让人过分伤感，因为大自然这本书，哪一页都是生动着的，内容丰富多彩着的。这一页翻过去，又有崭新的一页开始了。

小满也就来了。

怎么来说小满呢？古籍解释："物至于此小得盈满。"这个时候的乡下，"麦穗初齐稚子娇，桑叶正肥蚕食饱。"青蚕豆也大量上市了，成了寻常百姓家餐桌上的主打菜。蒜薹烧青蚕豆是好吃的。雪菜烧青蚕豆是好吃的。油焖着，也是好吃的。哪怕就在清水里煮煮，稍稍搁点盐和酱，也是好吃的。乡下孩子的零食，就有了水煮蚕豆。家里的老祖母是慈祥的，她忙里偷闲，用棉线把粒粒青蚕豆给穿起来，做成蚕豆项链。煮粥时，丢进粥锅里。粥熟，蚕豆项链也熟了。捞出来，放冷水里浸一浸，挂到孩子的脖子上。这孩子就幸福得直冒泡泡了，他（她）显摆地满村子跑，一边跑，一边摘着吃。想吃哪颗，就吃哪颗。满嘴的蚕豆香。

值此时，山河庄严，好风好水，日月安稳。一切的物事，都有着小小的富足丰盈。

这时的小满，多像是婚姻里的小女人，脸庞圆润，性情温和。她的样貌算不得很美，但耐看。她养鸡几只，养鸭几只，还养几只羊。也养猫和狗。她在屋前种花，屋后种菜。她出门，狗跟着。她回家，猫迎着。篮子里有青青的草在颠着，羊看见了高兴得冲她"咩咩"叫。篮子里也放菜蔬，青青的韭和豆荚，那是一家人的甜和香。她围着锅台转，一日三餐的家常里，注入了她的柔情她的蜜意。男人吃得饱饱的。孩子吃得饱饱的。她在一边笑眉笑眼地看着，很有成就感。

是的是的，她一生没有大的追求，欲望也只有这么多：粮仓里有余粮；屋檐下有鸡鸭在叫唤；孩子健康着；男人平安着；一家人和和美美的。小日子里，就有了满满的小幸福、小富足。外面再多的富贵繁华，她都不稀罕了。

小满即安。她懂。

我也懂。我在小满前后，守着阳台上几盆绣球花，等着它们开花。它们攥着无数的小拳头，正做着香艳的梦。心里的秘密，却经不住小满的召唤，一点一点，偷跑出来。那些粉红的，或是粉白的。

有一两只蝴蝶，也不时来光顾。一只黑底子红斑点的。一只蓝底子黑斑点的。花就要开了，就要开了。

对我来说，日子里有花可看，有蝴蝶可等，都堪称，小美好了。

·  ·

## 芒　种

——

6月5~7日，螳螂生、鵙始鸣、反舌无声。

　　在微信的朋友圈里，看到朋友丫丫拍的图：小篾篮里，躺着几朵栀子花，稠稠的花瓣，稠稠的白。

　　仿佛就闻见那稠稠的香。我欢喜得一愣，哦，栀子都开了。

　　也是，季节都已经夏了。

　　"花木管时令，鸟鸣报农时。"不管时序如何偷偷更替变换，哪里能瞒得了花草树木的眼？它们伶俐精明得很呢，早早

得悉，通报出来。你看到迎春花开了，知立春到了。你看到菊花开了，知又近重阳。

傍晚，我去小城的沿河风光带走走。那里的一片绿化带里，曾是繁花似锦。有桃树。有梅树。有海棠。有樱花。有虞美人。有天人菊。有鸢尾。有蔷薇。现时，花都隐退到季节之后，只有满满的绿，堆着，叠着，拥着，挤着。天边有了火烧云，映得那绿，更是绿意森森。空中突然传来布谷鸟的声音，布谷布谷——似短笛，声声在催："割麦插禾，割麦插禾。"

哦哦，节气已翻到芒种。

"芒"种，也真是"忙"种，让人忙得慌。"时雨及芒种，四野皆插秧。家家麦饭美，处处菱歌长。"陆游如是说。他的描绘里，有着诗人的喜悦和清简。新麦子煮的饭，品着自然香得很了。池塘里的菱角，盛开着米粉般的花了。农家孩子，可以荡着脚盆，满池塘里玩耍。但农夫农妇们，可没有那等闲情唱菱歌，"春争日，夏争时"呢，他们忙得脚不沾地。一田的麦子熟了，要收割。一田的豆荚熟了，要收割。蚕茧亦已结成，要紧着摘下来。秧田的水已灌满，要插秧了。玉米苗眼看着也要移栽了。

古时的民间，在芒种这天，还有另一桩大事要做，那便是，送花神。人们认为，一个春天，都享受着花神的恩惠，赏尽百花。现在，管了一春花事的花神，要退位了，人世间该隆重地为她钱行才是。于是各家各户，拿出自己的心意，扎彩轿花伞，为花神送行。南朝梁代崔灵思在《三礼义宗》中有此记述："五月芒种为节者，言时可以种有芒之谷，故以芒种为名，芒种节举行祭奠花神之会。"

在《红楼梦》里，我们可以一睹这样的送别场面。芒种日这天，大观园的女儿们一早就起来了，她们打扮得花团锦簇，出出进进，忙碌非凡：

> 或用花瓣柳枝编成轿马的，或用绫锦纱罗叠成干旄旌幢的，都用彩线系了。每一棵树上，每一枝花上，都系了这些物事。满园绣带飘飘，花枝招展，更兼这些人打扮得桃羞杏让、燕妒莺惭，一时也道不尽。

对于彼时的大观园来说，虽是花事已过，仍然一团的富贵锦绣、华丽庄严。可怜的女儿们，也只有这一朝的快乐了。这之后，风霜刀剑严相逼，终究是花落人散、天地茫茫。

但我仍是感动了，感动于她们对自然的敬重和厚待。现时的人们，所欠缺的，正是那颗热爱自然的心。

夏　至

——

6月21日~22日，鹿角解、蜩始鸣、半夏生。

下了一天一夜的雨后，天放晴，气温一下子窜上去十来度，蝉鸣蛙叫的，夏天便很夏天了。

楼下人家长的豇豆开花了，淡紫。丝瓜也开花了，艳黄。还有南瓜，还有黄豆，都开花了。一朵一朵，登高爬低的，欢笑喜悦。

还有荷。城郊有塘，里面植荷数棵。我前日去看，也都含苞了。想这两天，有的，该绽放了吧。"绿筠尚含粉，圆荷始散芳。"天地绵长，哪一日不如同恩赐？

夏至了。

我觉得这个节气的叫法，委实直白。像随随便便招呼一个人，哦，你来啦。那边也是随随便便地应一声，是的，我来啦。轻浅的，骨子里却是亲热熟稔的。

先人用土圭测日影，首先确定的就是夏至这个节气："日北至，日长之至，日影短至，故曰夏至。至者，极也。"我在山西灵石县的王家大院，见过这样的土圭，用来测时辰的。人的聪慧，真是深不可测。

民间在夏至日这天，照例有些老风俗。有的地方有吃夏至面的传统，"吃过夏至面，一天短一线"。有的地方则是吃馄饨，"夏至馄饨冬至团，四季安康人团圆"。新麦飘香，其实，人们也就是找个由头，尝个新，合家美美地吃上一顿。

我的家乡，却只把这天当寻常过，面也不吃，馄饨也不吃。口福却不浅，地里的瓜果，渐渐熟了。黄瓜、香瓜、西瓜，一个赛一个欢实。甚至还有早熟的桃。还有枇杷。随便摘着吃吧。孩子们去地里摘瓜，捧上一只，洗都不用洗。倚着一棵树，小拳头对着瓜，"啪"一下，瓜就砸开了。啃吧，像小猪一样地啃着。管饱。

我也就想到"16桩"了。

"16桩"是间瓜棚的名字。有公路穿过乡村，瓜农们在公路边搭棚设摊卖瓜。便都依了公路边的路桩叫开来，有叫5桩的，有叫8桩的。我第一次在16桩那儿买瓜，那瓜棚的主人对我说，记住啊，我是16桩。我保管你回去吃了，会觉得，你再也没有吃过比16桩更好的瓜了，你会再来买的。

他的话，我爱听。五六年了，每到夏至，我会很自然地想起，他的瓜该熟了。然后，驱车近百里，跑去问他买瓜。

他的瓜棚总在候着，一堆的瓜，堆在瓜棚前。四五十岁的中年男人，黑且瘦着，喜听昆曲，也会哼唱不少段落。还喜翻古书。翻些四书五经类的，叫人吃惊和刮目。他最大的爱好，就是研究瓜的品种，西瓜、甜瓜和香瓜。黄皮的、白皮的、青皮的。他卖的瓜，比别的瓜摊要贵很多，他不肯降价一点点，你买再多，他也不肯降。他说，我长的瓜，就是比别人的更甜、更香，纯天然的，就值这个价！

我吃不出来。但我喜欢他的自信和笃定，那是种由内至外散发出来的傲气。他维护着，他的尊严，和瓜的尊严。这点很重要。

我再跑去问他买瓜，他未必记得我了。我不在意，我记住他就行了，还有他的瓜。一样的有骨有傲气，让人觉得，活着，是一件很带劲的事。

## 小 暑

7月6~8日，温风至、蟋蟀居宇、鹰始鸷。

一进入小暑，也就进入伏天了。

我的乡下，伏天有晒伏之习俗。家家加了锁的箱笼，都打开了，里面散发出樟脑丸特有的气味。

屋门口开始壮观起来，花花绿绿的衣物，晾了一场。小孩子不顾炎热，在那些衣物间穿行，像穿行于一条又一条色彩明艳的河。觉得满足，觉得富有。

　　母亲也总会取出她的嫁衣——那是当年她新婚之日穿的，也是父亲送她的唯一"彩礼"。那是件淡绿的底子上，撒满小红点的中长大衣，在我和我姐的眼里，那件衣，简直堪称华丽。却从未见母亲穿过，即便她穿着补丁缀补丁的衣，也未曾动过穿它的念头。我和我姐，也曾一度渴望能穿上那件衣，母亲不让。母亲说，等你们长大了，自然也会有的。

　　母亲晒嫁衣的神情，既庄重，又温柔，与平日雷厉风行的母亲，大大不同。她单单牵出一根晾衣绳来，专门晒这件嫁衣。太阳热辣得晃眼，母亲却全然感觉不到似的，她在大太阳下站着，轻轻抖开嫁衣，像抖开一片云锦。她微微侧了脸，久久凝视着嫁衣，让手从它上面，一遍一遍滑过。黑瘦的脸上，漾着笑。阳光照射着她额角的汗粒，那些汗粒，跟珍珠似的。母亲看上去，很有些动人了。

我们仰头看着，莫名的高兴，想唱歌。

这个时候，屋檐下的凤仙花，多半已开得沸沸的了。乡下的花，从来不需要特地栽种。它们就跟鸟儿似的，就跟虫子似的，轮到它们现身的时候，很自然的，它们就出现了，一开一大片。红红白白黄黄，像飞来一群彩蝶。

我们看到凤仙花开，心里欢喜，啊，又可以染红指甲了。也没有谁特意教过，每个乡下的女孩子，都会用凤仙花染红指甲。还会用它编项链和耳坠。女孩子遇见，总会比试，看谁的指甲染得更红。看谁脖子上的项链编得更长。看谁的耳坠晃动得更漂亮。美是不可湮没的，即便活在低处，它的光芒，也无处不在。

石竹花也紧着开了。这种花开得最用心不过了，每一朵，都像谁精心裁剪过似的，然后一针一线，缝制成小裙子。它真的太像小裙子了，那些粉色的、镶了花边的，裙摆张开，迎风摇曳，是一堆儿小姑娘在舞蹈。我们也不懂珍惜，大把大把地采摘它，胡乱插满头。那些天，我们都是好看着的，都是一朵盛开的石竹花。

一些年后，我读到唐人独孤及写它的诗："殷殷曙霞染，巧类匣刀裁。不怕南风热，能迎小暑开。"真的是如遇知音。

大　暑

—

7月22~24日，腐草为蝤、土润溽暑、大雨时行。

在大暑的天，适合读一点清新的小诗。譬如我正读到的这一首：

我有开花，金黄的或者鲜红的

一直开到第一场大雪降临

我看到了谁

195

## 谁就是我的

燠热的心，因这首小诗，变得清凉。如果我是一株植物，也当如此开花，占尽好颜色。风也住在心里，雨也住在心里。住在心里面的，还有日月星辰。还有鸟鸣雀叫。

一场花开，就是一场生命的超越。

像紫薇。

这些日子，是紫薇的日子。它们披挂一新，或红、或蓝、或紫、或粉。站在路边，站在河边，站在街边的小公园里。骄阳太过热烈，烫得蝉都吃不消了，叫声变得尖锐，一声接一声，似在说，热啊，热啊。吵得阳光碎裂成一片片，片片都晃得人睁不开眼。

热？的确是。谚语有"冷在三九，热在中伏"，这"中伏"，说的就是大暑。有人开玩笑，把生牛肉放水泥地上，半刻钟后，那肉竟煎至七八分熟。紫薇们却像不怕热，它们拼了命地盛放、再盛放，云蒸霞蔚。我觉得"云蒸霞蔚"这个词，是特意为紫薇们造的。

不怕热的，还有荷。烈日下，它们开得斗志昂扬，总牵动着一波一波的目光，顶着炎热，跑去看它。人要是有花的精神，不管处于何等逆境，也都能盛开如许，那该多好。

隔壁邻居家的小孩，只穿一件红肚兜，他蹒跚着就往大太阳下跑。后面的大人紧着追，一把把他抓住，抱回屋内去。嘴里轻斥着，这么毒的太阳，你想晒死啊！孩子挣扎，哭出声来。对一个孩子来说，外面的世界，才是永远的诱惑。

我在楼上的窗内看着笑。就想起小时的乡下，也是这般的热天，却没有一个孩子会待在屋内，全都泡在屋后的河里面。他们玩打水仗，炫耀泳技。或捉鱼摸虾，也摸螺蛳。一个个晒得像一条条黑鲫鱼。大人们也都不管，放手让孩子们玩去。有时甚至也加入进来，在水里泡着，摸上几条鱼来，改善改善家里的伙食。一河两岸，全是笑闹声。

晚上，屋子里热得睡不着。也没人恼，也没人怨，大家都心平气和得很，搬张凳子，坐屋外纳凉。邻里们多有相互串门的，摇着蒲扇，说古道今。孩子们有时在旁边听几句，有时根本不耐烦听，可玩的实在太多了，忙不过来啊。他们要去捉萤火虫，要去捉纺织娘，还有的要去竹园里粘知了。稻花的香气，一笼一笼袭过来。还有南瓜花的香。还有扁豆花的香。还有葵花的香。还有黄豆荚和丝瓜的香。

满天的星斗，像锅堂里的小火星在跳跃，密得针也插不进去似的。大人们慢摇着扇子，仰头看天，预言般地说，明天的天，会更热的。也没人去愁，热就热吧，该派的。顺安天命，岁月从容。

一千多年前，白居易在《销夏》中写道："何以销烦暑，端居一院中。眼前无长物，窗下有清风。热散由心静，凉生为室空。此时身自得，难更与人同。"他说的是心静自然凉。我的乡人们，竟都能做到。

## 立 秋

8月7~9日，凉风至、白露降、寒蝉鸣。

我很想知道，是从哪一片叶子开始秋的。

是梧桐叶吗？我看到有一两片飘落下来，绿里面，夹染着褐黄了。像一个人满头的青丝，在不知不觉间，也就跳出了几根白的来。——到底，不那么年轻了。

"一叶知秋"的。银杏的叶，杉树的叶，连狗尾巴草的叶，也都开始描着秋色。明着看，你一点也看不出，还是那么蓬勃蓊郁着的一堆儿,光滑鲜艳着。但细细瞧,也已然上了皱纹。立秋了。节气的脚,从来都是这么准时抵达。

日子也总是这样的,一下子,又是春去秋来。一下子,就翻过山越过岭去。再回望,青春已隔着几重山水,镜里朱颜改。

天气的变化,却貌似不大,白天也还炎热着。不过,早晚的风,吹着凉了。

人们张罗着吃西瓜。这是世代相传的老风俗,名曰:咬秋。我觉得这说法的确有趣,咬一咬,秋天也就来了。其实,这也有送旧迎新的意思。过了立秋日,西瓜下市,再少有人问津。梨啊枣的,将成为主角。

我爷爷在这天满坟,我回去了一趟。乡里习俗,人走后三年,是满坟。亲人们相聚一起,举行一些祭奠仪式,对逝者作最后的追悼。

我到家时,一屋的亲朋,笑语喧喧,在叠纸钱。走道场的和尚,把梵音唱得绵绵不绝。时间的手,擦拭得真是快啊,快得你来不及细想,所有忧伤的痕迹,都已不见影踪。就跟一场春雪消融般的,你眼见着那背影,越来越瘦,瘦成薄纸片儿,瘦成小斑点。最后,与天地彻底相融。那里,草很快会钻出土来。二月兰也很快会盛开。世界又将是一个繁茂的世界。

我去屋后爷爷住的房间,呆呆站了会儿。从前回去,他总是眯缝着眼,望着我笑,豁着没牙的嘴,欢喜不已地说,是我家梅来了啊。他的声音,我再也听不到了。他和我奶奶共用的衣橱还在,檀木的,七八十年前的旧物了。我跟我爸说,啊,

这是古董啊。我爸淡淡扫一眼，说，有什么用？也没人用它
了。——曾被我爷爷和奶奶当宝贝爱护着的衣橱，它终究，也
是要归入尘的。世间所谓的一切拥有，最终的结局，也都是要
归入尘的。

这么想着，倒没有什么特别悲哀的。悲哀什么呢？生命就
是一段旅程而已，终有到达终点的时候。我们能有的最好态
度，也就是坦然地接受。

地里的瓜果丰盛得很。我妈摘两只大南瓜。再摘一篮子紫
茄，和丝瓜。那是给我备着的，让我带回城里吃。我跑过去赏
那些菜蔬的花。紫茄开的花，有点像紫百合。青椒开的花，类
似于葱兰。丝瓜开的花，也就是黄百合了。扁豆开的花，最小
巧玲珑，婉约得像宋词。我叹，真好。

我爸在一边，得意了，我爸说："还是我们乡下好吧？蔬
菜瓜果紧着供应。你看这茄吧，吃掉一批又结一批，我和你妈
天天当饭吃，也吃不掉。你再看看那扁豆结的，累累块块的。
吃不掉啊，吃不掉的。"

我在我爸的脸上，轻易就看到了幸福的模样。活的趣味，
原是这么简单易得，蔬菜瓜果丰盛，对他来说，就是很大的幸
福了。

# 处 暑

8月22~24日，鹰乃祭鸟、天地始肃、禾乃登。

夏走到处暑，算是走到头了。"离离暑云散，袅袅凉风起。池上秋又来，荷花半成子。"白居易的诗，很贴切地描绘了这一时期的自然景象。至此时，天空开始呈现出秋的样子。云变得轻盈，<u>丝丝缕缕地飘着拂着</u>，有种秋的闲适在里头。风也捎来秋的好意，夜深归家，裸露的胳膊上，爬着甜润的沁凉——"处暑无三日，新凉值万金"的。池上的荷，亦已开始描摹着秋的影子，花褪残红，莲蓬已成。

处暑便很像是安在岁月过道口的一扇门，最好是红木雕花的那种，才般配。槛内夏日隐，槛外秋日长。古籍《月令》中对处暑，有这样的一番解释："七月中，处，止也，暑气至此而止矣。"说是夏行于此，止了脚步。《群芳谱》中的解释，则更形象一些，"阴气渐长，暑将伏而潜处也。"处暑的"处"，原还有潜伏的意思。季候行经处暑，夏天就把自己给藏起来了。

这真催人联想，浩渺的天地间，到底是哪一个呢，率先调皮地隐匿了自己？

是花朵藏起花朵？

是虫子藏起虫子？

是叶子藏起叶子？

是颜色藏起颜色？

是风藏起了风？

是雨藏起了雨？

一过处暑，就少有暴雨了，雨开始变得温柔且缠绵，滴答，滴答。是小猫的脚，轻轻地踩过一汪绿去。这时候，静坐听雨打芭蕉，或雨打荷叶，最适宜了。

万物也都顺理成章的，走向成熟。农谚有："处暑满地黄，家家修廪仓。"到哪一步该开花，到哪一步该结果，庄稼们一点也不含糊。春华秋实呢。北方的高粱等农作物，熟了。苏北沿海一带的水稻，也都开始漂染着金色。

处暑前后，民俗中有个"鬼节"，人们是要大张旗鼓地过一下的。在我的老家，家家在这天必烧纸钱给一些野鬼，让他们领了"银子"好生去吧，不要再出来惹是生非，让众生安好地过一个丰收的秋。听上去，这个节好像阴森得很鬼魅，其实不然。小孩儿们可乐疯了，因为，在这天可以放开肚皮，饱餐一顿饺子的。再不富裕的人家，也要包上一锅饺子应应节。

萧红在《呼兰河传》中，写到东北的"鬼节"，有放河灯的习俗。比起我们苏北沿海的吃饺子来说，又是另一番趣味。她写道：

> 七月十五是个鬼节；死了的冤魂怨鬼，不得托生，缠绵在地狱里非常苦，想托生，又找不着路。这一天若是有个死鬼托着一盏河灯，就得托生。

这哪里是祭奠鬼神，分明是给自己找着由头来乐。丰收在望，愉悦的心，也只能如此安放了。那一盏盏荷花灯，顺流而荡，连缀成一条彩色的河，该是何等的壮丽。

怨不得天上的织女，放着好好的仙女不做，偏要跑到人间来嫁个放牛郎。也是这样的处暑时光，你看人家幸福的："架上累累悬瓜果，风吹稻海荡金波。夜静犹闻人笑语，到底人间欢乐多！"——真个是人间欢乐多的。

白　露

9月7~9日，鸿雁来、玄鸟归、群鸟养羞。

　　到白露，秋的模样，已渐渐明朗，眉目清晰，身段端然。

　　这就好比一个女孩子，幼时见她，模样并不很分明，眉眼儿混沌未开，是万千普通中的一个，你根本未曾留意。待她初长成，突然遇见，她已然出落得亭亭玉立、眉目楚楚。你委实吃惊了，感叹着，时光真像个魔术师。

　　秋天就是这样的。你清早起来，瞥见院子里一盆波斯菊上，歇着露珠几颗。圆润的，晶莹的，染着霜色。小方砖铺的地面上，横七竖八躺着一些从院墙外飘来的银杏叶，都镶着金色的边儿，像黄花瓣。你一惊，啊，真的秋了。

可不是，翻日历，白露已至。

真是爱煞这个词。白露，白露，你轻轻念着它的时候，唇边有点清冷、有点孤艳。纯洁无瑕，烟尘隔绝，只有好女子才配它。是在《诗经》里独立水边的那一个："蒹葭苍苍，白露为霜。所谓伊人，在水一方。"我以为，整部《诗经》，意境最美的，莫过于这首《蒹葭》了。然单单有"蒹葭苍苍"，来衬后面的伊人，还嫌单薄了，也不过一寻常画面，没有什么叫人可念可想的。一配上"白露为霜"，一旁的伊人，立马变得超凡脱俗起来。天空是那样的苍茫寥廓。秋盛开在秋里。水安放在水中。芦苇的身上，轻沾着霜一样的白露。——一首《蒹葭》，只因这"白露"在，就成了无法超越的经典。

从此，白露成了秋的形象大使，它在，秋才有秋的样子。历来的文人墨客，也多有着墨于它的。像杜甫，就是钟爱白露的吧，他在一首题为《白露》的诗中写道：

白露团甘子，清晨散马蹄。
圃开连石树，船渡入江溪。
凭几看鱼乐，回鞭急鸟栖。
渐知秋实美，幽径恐多蹊。

你瞧，白露只需在柑树的枝头上稍一露脸，秋的美好，就如同画卷一样的，徐徐展开。流连于秋色中的人，听鸟雀喧闹着归巢，方惊觉天色已晚，恋恋不舍地打马而归。他知道，明日，再明日，那些赏秋的人，将会循着白露的影子，陆续到来。那幽径之中，不知又会因此多踩出多少条的小路呢。

杜甫之后，一个叫羊士谔的文人，也极钟情于白露。他笔下的白露，更有一番清欢：

> 登临何事见琼枝，白露黄花自绕篱。
>
> 唯有楼中好山色，稻畦残水入秋池。

是白露催开了菊花么？一丛丛秋菊，就那样自在的，沾着白露，环绕着人家的篱笆，怒放了。黄灿灿的。登高而望，山色空蒙，秋色一点点描上。这个时候，心思澄清，唯有静静观赏、静静喜悦才能消受。

我在这样的节气里，走过一小块草地。草地的边上，有建筑正一幢连一幢地拔地而起。秋不管的，它兀自让小野菊们，黄一朵白一朵的，插满了草地。清晨的空气，薄凉得恰到好处，白露在每一朵小野菊上停留、闪亮。我止住脚步，怔怔地看那些小野菊，猜想着它们是从哪里迁徙而来。又或者，这里本来就是它们的家园，只是被贪婪的我们，一日一日给侵占了。

我不知道它们在这里，还能待多久。但我知道，只要存在一天，它们就不会放弃盛开。我看见它们，就像看见故交。也没有什么别的好说的，只在心里默默地招呼一声：

嗨，你也在这里，真好啊。

## 秋 分

9月22~24日，雷始收声、蛰虫坯户、水始涸。

有一段日子没下雨了。

秋天没有雨，晚上的夜空，就如同恩赐。澄明清澈，有月可赏。

我是看着月亮，一点一点长大的。

起初，它跟棵初生的小草似的，羞怯怯地钻出天幕来，头顶一枚嫩嫩的白芽芽，晃呀晃的，好奇地四处张望。这之后，

我眼看着它，一天一天丰满，一天一天长成。到秋分，已成胖乎乎的一团了。像朵丰腴的白莲花。

古时，人们曾把秋分这天，设为祭月节。这颇让人感怀的，上古时期，生产力是那样低下，人们却心思单纯，懂得惜福，又知恩图报。他们对天地日月，都怀着感恩之心，常隆重地举行一些祭祀活动，来拜谢天地赐予。于是有了春祭日、夏祭地、秋祭月、冬祭天等等习俗，无有遗漏。后来，由于农历与阳历常常错过，每年的秋分日，不一定都有圆月可祭，才把祭月节挪到了中秋。

对于赏月——我倒以为，满月赏得，月牙儿亦可赏得，各有各的风味。就如同孩童有孩童的稚气可爱，成人有成人的圆润洞达。

多年前，我特喜欢一首歌，徐小凤唱的，《明月千里寄相思》。大学宿舍，六十瓦的灯泡下，七八个小女生，团团围着一台收录机听徐小凤唱："夜色茫茫罩四周，天边新月如钩。"一枚新月映在空中，大地肃寂得那么悠远，悠远得让我们的心，莫名地生起忧伤。想说些什么，又不知该说些什么才好。头脑里过电似的，闪过一些人、一些事。以及，那些未曾好意思表明过的爱恋。真真是觉得有些委屈的，以为自己的好时光，都被辜负了。——也只有这样的月如钩、夜朦胧，青春才最易动情吧。花半开叫人念想。月初生，情初绽，又何尝不是？白居易有诗作名句："可怜九月初三夜，露似珍珠月似弓。"我想，夜空中少了那枚弯弓一样的月亮，诗人眼里的九月初三夜，怕是也少了很多的可爱吧。

　　明月当空照，则是另一番境地。花好月圆，本是我们终其一生的梦想。《诗经》里有"月出皎兮，佼人僚兮"之句——这皎皎之月，该是秋分前后的月亮才是。值彼时，月亮是一年中最为莹润最为丰沛的了，配了月下美人，再合适不过。更何况，还有桂花来添香。

　　到秋分，天下已是桂花的天下了，江南江北，都有它的影子在晃悠。说起桂花，真个是花中刁蛮伶俐的小妮子呢。有时，你在路上走着走着，它不知打哪儿突然冒了出来，泼你一头一身的甜和香。让你一个趔趄，在它那浓烈的甜香里，狠狠地愣一愣神，欢喜地扭头去找，唔，哪里的桂花？

　　还有菊黄蟹肥呢。菊黄且不说了，从初秋，一直能赏到秋末。蟹肥却引诱得味蕾一阵一阵地驿动。俗语说："秋风起，蟹脚痒。"从这时候起，我们也就进入吃蟹的好时节了。

寒　露
—

·
·

10月8~9日，鸿雁来宾、雀入大水为蛤、菊有黄华。

　　秋风刮得正紧的时候，我翻出一首曲子来听，曲名叫《秋意浓》。我觉得这曲子若用埙吹来听，才叫好的。可惜的是，它用的是钢琴，且配了词来唱。秋色斑斓，层林渐染，这寒露的天，又岂是能唱出的？

　　《西厢记》里，崔莺莺在长亭送别郎君，心中纵有万般不舍，却奈何不了那"碧云天，黄花地，西风紧，北雁南飞"，只听得那边道一声"去也",这边早已减了玉肌。——每每读到这里,我都惊艳不已。原谅我,我没有读出悲来,我只读出销魂来。是这寒露天里的华丽端然。

寒露真是一个大词。叫法上虽别无新奇处,寒露、寒露,也就是秋露渐寒。单衣嫌薄,指尖微凉,却有容乃大。它包容了多少的小词在里头啊——橘绿、橙黄、丰收、圆满、秋高、气爽、金风、玉露……

秋也就深了。

你在这秋深的天空下走着,往往会突然地手足无措、脚步踌躇。你不知道是眼睛醉了,还是心醉了。总之,有微醺的感觉。

寒露端出来的,恰恰是这样浓酽的一坛酒。经春的酿造,经夏的调制,又有着初秋、仲秋的窖存,坛封一朝启开,岂会不浓香扑鼻?浅酌一杯,也就够了。这时候,一个天地,都跟喝醉了似的,酒色上脸,有人面桃花的妙处。不期然的,你就能相遇到一树的金黄,或一树的火红。是银杏,是丹枫,是栾树。它们一点也不懂得收敛,就那样铺张着那些好颜色。

风也早就喝得酩酊,走起路来,东倒西歪的。它走到哪里,哪里就晃动着一地的碎金。太阳光是金色的。落花亦是金色的。

更多的金,在乡下,在那些稻浪上翻滚。我妈种了两亩水稻地,我妈喜滋滋地告诉我,一亩地能打上八九百斤稻子呢。"乖乖呀,过两天你就有新米吃了。"我妈说。

哦,亲爱的老妈,我还能吃多少回你的新米啊。我只愿上苍慈悲，能让这样的时间久一些、再久一些。

还有白。白得像云朵的白。是棉花。农谚有："寒露时节
人人忙，种麦、摘花、打豆场。"这摘花，指的就是摘棉花。
我曾写过一篇回忆散文《棉被里的日子》。有读者读到，从千
里之外，给我打来电话。她迫切地问我："您还有那样的棉被
吗？我想买。"她说她很怀念小时候棉被的味道，她的家乡，
也长棉。我理解她的怀念。那种浸染着故土的味道，一颦一
笑，都是温暖，任岁月再多的漂洗，也洗不掉的。它已融入一
个人的血液中，成了根深蒂固的念和想。

我就很想絮一件老棉袄了，留着冬天的夜晚，坐电脑跟前
写作时穿。我妈都不穿这样的老棉袄了。乡下少有人穿了。她
听我说起这个愿望，颇感意外。"咋想起要穿这个的？"我妈笑
笑地问。但旋即，她怕我变卦似的，忙忙地答应："这个容
易，我帮你絮一件。"

有个妈在，多好啊。

霜 降

10月23~24日，豺乃祭兽、草木黄落、蛰虫咸俯。

霜降时节，苏北，里下河地区，这里呈现的，是一片晚秋的景致。什么都浓烈到不能再浓烈了，颜色是。阳光是。风是。

大把的金黄。大把的阳光。大把的风。

菊花已开到泛滥的地步。

古人多于此节气呼朋唤友，浩浩荡荡去赏菊。古籍上有描述："霜降之时，唯此草盛茂。"那时，人们把菊视为"候时之草"，自然要隆重一番，也因此留下了大量的咏菊篇章。我偏爱白居易的《咏菊》：

> 一夜新霜著瓦轻，芭蕉新折败荷倾。
>
> 耐寒唯有东篱菊，金粟初开晓更清。

小小院落，有荷塘有芭蕉，还有菊，还有霜。衰落与新生，交接得如此完美。而促成这场完美交接的，是霜。

我喜欢霜。

它是一滴雨和另一滴雨的相逢。

一滴雨找到另一滴雨，是不是也像一个人，找到另一个人，需历经前世今生？大千世界，莽莽苍苍之中，众里相寻千百度，它们能够相逢，多不易！

当一夜好睡，清晨，打开门，有沁凉猛扑过来。抬眼，你看见人家的瓦片上，轻着一层新霜。像黑夜遗留下来的一个洁白的梦。整个世界，都洁净得叫人欢喜。你脑子里飞快地想到的是，赶紧去菜场买青菜去。霜后的青菜，吸足了霜的精神魂儿，又肥又嫩，有着醉人的甜香，真正是吃了打嘴不丢。你想着要清炒着吃，或烧了豆腐吃，或做青菜饼子吃。

你亦想到从前，那些有霜的月夜。你和小伙伴们，赶远路去看晒场电影，奔跑在月下的田埂上。霜落在地上，像月亮的肌肤，像白糖。有阴影半遮的地方，又像圆圆的硬币，或一方帕子。总逗引得你们中有孩子，弯腰去摸——以为地上真的敷着白糖，或掉着一枚硬币什么的。也只有孩子的心，才有着霜般那样的单纯和洁净吧，相信所有，从不怀疑。

霜太洁净了。洁净的东西，给人的感觉，有些冷。像白瓷。像雪。像高山雪莲。它不媚俗不屈从，它只做着它自己。

人说，冷若冰霜。是不是有妒忌和不甘在里头？因为，他达不到霜的境界，他做不到从身体到灵魂，都一尘不染。

霜的热，在它心里头，你看不到。你吃着霜后的青菜、白菜，和霜后的萝卜，你就知道了，"蔬菜苦菜生山田及泽中，得霜甜脆而美"——经霜的蔬菜，真是好吃。

"霜降杀百草"——其实，真的是误解了霜了！明明是冰冻杀了百草，却要摊到无辜的霜的头上。霜也不去争辩。有什么可辩解的呢！不是也有人写诗赞美它么：

山明水净夜来霜，数树深红出浅黄。

它悄然而来，又悄然而去。它在这个世界之中，它又在这个世界之外。

## 立 冬

11月7~8日，水始冰、地始冻、雉入大水为蜃。

季节尚还在秋着，而立冬，又真真切切地站到跟前。

时间的脚步是一点也不等人的。常常，你这边丝毫未曾觉察，它那边，早已跑过十万八千里去了。人生多的不是不如意，而是对光阴的无奈，也才生出"白驹过隙"的感叹。更多的时候，你只有，被动地接受。在这被动里，倘若能寻出一些活的趣味来——这大概，就是做人的好了。

古时民间，是把立冬日当作节日来过的。想想，有哪一个节气，他们不是当作节日来过？他们心思单纯，日日都是好日子。我在写这些节气的时候，常不免要发些呆，真想穿越过去，做一回古人。

古书上曰："立，建始也。""冬，终也，万物收藏也！"热情也终有期，人类如此，自然界亦如此。一春的繁华，一夏的茂密，一秋的斑斓，这承载万物的大地，也该歇歇了。立冬日一早，天子出郊迎冬，赐群臣冬衣，抚恤在战争中失去亲人的孤寡。民间百姓则展开一系列送秋迎冬的活动，如祭祖、饮宴、卜岁。

这是从前的立冬。现在的立冬，早已丢失掉这些热闹了。

但风景，却一如从前：

> 吟行不惮遥，风景尽堪抄。
>
> 天水清相入，秋冬气始交。
>
> 饮虹消海曲，宿雁下塘坳。
>
> 归去须乘月，松门许夜敲。

诗人的玩性真大，一直玩到月上树梢头。他眼里的秋冬之交，风景是那样独特——尽堪抄的，难怪会绊惹了他的脚步。隔了七八百年的烟雨风尘，自然所呈现的，似乎从未曾改变过。我眼前的海边滩涂，盐蒿已遍身红透，红花朵一样的，一直红到天涯去了。茅草们抽出白的花絮，像拂尘似的，迎风摆

着。一些顽强的小野花，还撑着或黄或白的小脸蛋，在将枯未枯的草丛里，无心无肺地笑着。大地真像件织染的裙。

我来这里，是为看最后的秋。我相遇到成片的林子，杉树林，银杏林，杨树林，竹林。上千亩，上万亩，莽莽苍苍。有老牛或站或卧在林子里，相当安详地啃着草。草还有些青色，而落叶已铺成软软的黄毯子。

守林人的小屋，搭在竹林的边上。两间小棚屋，茅草盖顶，渔网遮窗。屋上牵着扁豆藤和丝瓜藤。扁豆还有零星的花在开。丝瓜的曾经，应该很繁盛，那么多丝瓜老了，就那么在藤上悬着挂着，懒散疏离，却又有种说不出的安然。画家若看见，肯定会激动死了，这画面，堪称一绝。

守林人七十有五，在这里守林十四年了。他养一条狗、几只鸡。狗也上了年岁吧，看见我去，没吠，很友好地打量了我几眼，趴一边闭目养神去了。鸡看见我，咯咯叫着跑过来，讨吃的。

守林人在棚屋前忙活，见有外人突然撞入，他也不好奇，也不惊讶，抬眼看我一下，复又低头。他手里正用土坯在做泥罐之类的东西。他说是他刚学会的，他要用它来长葱。

我看一眼他的小棚屋，屋前屋后的空地不少，哪里都能长葱的。

他说，不一样的。

也是，这怎么能一样呢？小屋的门前，摆上几罐青葱，当花赏得，当蔬菜吃得，粗糙的生活，会变得不一样的。

何况，这是他亲手做的泥罐。

他却说，这是给他老伴做的，他老伴比他小四岁，在城里，帮他们的小儿子带小孙子。小孙子才两岁不到哇，离不了人的，他告诉我。

等葱长好了，我就给老太婆送去，他说。

老太婆会喜欢的。他满意地打量着手上的泥罐，笑出一脸的波浪来。

我听得怔怔的，内心温热。我不知道，这是不是爱情的一种。

## 小 雪

:

11 月 22~23 日，虹藏不见、天气上腾地气下降、闭塞而成冬。

降温了。

这才是冬天的模样，风都是清寒的。人从树下过，叶子会落到肩上。校园的小河边，栽有几棵梧桐，这些天，它们一树的色彩，斑驳得很像立体的油画。我路过，总要遥遥望上一望，心里有什么在涌动，说不清的。我震撼着那种美，见一次震撼一次。我在纸上写：秋冬季节的转换，原是用色彩迎来送往的，斑斓得落不下一丝惆怅。

是啊，惆怅什么呢？哪个节气，都各有各的好。

比如，这小雪。

小雪，小雪，太适合做一个女孩子的名字了。

大街上，谁若突然呼一声，小雪。我定会扭头去找。想象着人群中那个叫小雪的女孩子，一定有着纤细的腰肢、白果样的小脸蛋，细眉细眼的，相当乖巧。

日本电影《绝唱》里，出身卑微的女孩子小雪，被高贵的少爷爱上，演绎了一场生死绝恋。那个美丽又坚贞的好姑娘，让多少人为之掬一把眼泪，痛惜着、爱怜着。

我有女学生叫小雪，我很爱喊她回答问题。看她小鸟般的，慌慌张张站起来，小脸儿憋得红红的。有些问题她不会答，她就轻咬住嘴唇，做努力思考状。每每这时，我大抵会原谅，微笑着招手让她坐下。

小雪，得轻拿轻放着，捧掌心里疼着爱着，才是。

节气里的小雪，也是这般静好，"小雪气寒而将雪矣，地寒未甚而雪未大也"。又"小雪而物咸成"，至此时，物华丰足，功德圆满，寂然喜悦。日子也终于清闲下来，收收叠叠，准备过冬吧。

"寂寥小雪闲中过，斑驳新霜鬓上加。"——诗人如此感叹。我倒觉得不必生出这样的伤感，人生的每一个阶段，都须经历。年华老去，就如节气老去。银丝满头，两鬓苍苍，也是另一种风华。

就像我屋旁的那棵银杏树。

是隔壁人家长的。这家人并不和善，与邻里多有磕绊，但我还是很感激他们长了这棵树。树很高大，一些枝叶，伸到我的窗口来了。我得闲了，常跑去看看它，伸手握一握那些枝叶，跟它们打声招呼。你好啊，我这么说。

我从春望到秋，它的每一丝变化，都逃不脱我的眼睛。譬如现时，它满树的叶，都黄透了，是黄澄澄，像黄花朵。它顶着一头的黄花朵，金黄耀眼，是民间女子成贵妃了。这是它最好看的时候。就像有些女人，年轻的时候，你未必看得出她有多不寻常，样貌也很普通。但年老了，她的举手投足、一颦一笑，都是说不出的优雅，让你越看越爱看。那是岁月历练出的从容与淡定。

我摘下几枚银杏叶，夹到正看的书里面。每片叶子，都像蝶。

翻阅新征订的报纸，我被几幅斑斓的图片吸引住，上面聚集着一大群的彩蝶，各具神态。正诧异，这小雪的天，哪里来的这么多蝴蝶？细看下面的文字介绍，才知，原来，这是掉落的银杏叶，经一个老人的巧手，绘制而成。

换个方式，生命又以另一种形式出现，哪里有真正的凋落！

# 大 雪

—

12月6~8日，鹖旦不鸣、虎始交、荔挺生。

我一直搞不懂，我到底算是南方人，还是北方人。

我去北方时，北方人称曰，你们南方人怎样怎样。我到南方时，南方人称曰，你们北方人怎样怎样。

海离我的小城不远，是黄海。江离我的小城不远，是长江。不过，我在江北。

我爱南方的温润和柔媚。一场雨后，那青石板铺就的老巷子里，有兰花的香气在游走。隔江相望，我的骨子里或许也浸染了一二。于是常带给人假象，陌生人首次见面，会询问我，你是江南人吧？然我又极爱面食和北方菜，山东煎饼、馒头和东北乱炖，我都吃得欢欢的。比小白兔吃萝卜还欢。日日吃着，都不嫌腻。

节气的抵达，怕也如我这般疑惑，不知它算是北方的呢，还是南方的。它到达我这里，总会慢上半拍，比北方要晚，比南方要早。

像这大雪日的到来。

古语云："大者，盛也，至此而雪盛也。"朋友威在哈尔滨，这个节气里，她那里已下过好几场雪了，雪厚得能堵门。我这里，却是连绵的阴雨，阴得钻人骨头。冷，又冷得不干不脆的，让人焦急。

焦急着等一场雪。

雪终于姗姗而来。虽是蜻蜓点水的那么几枚，可足以让我们兴奋的了。

——看，下雪了。街上多的是这种惊喜的声音。

那会儿，我正站在一棵掉光叶的梧桐树下，等那人停车。我说，要庆祝下雪。

两个傻瓜一拍即合，我们决定在外用餐。

午时的天空，阴，一片混浊。然因那几枚雪，竟也点缀出童话的色彩。

我伸手接雪。用围巾接雪。用帽子接雪。谁能忽视它的到

来？它的纯洁和晶莹，总能在瞬间，碰疼人心底的柔软。

我们都是柔软的。

一闪念，忽然想起康海这个人来。明代大才子，少年时就显露出非凡的才华，人见之，预言，必中状元。后果真大魁天下。他为人刚正不阿，这样的人，在官场中势必要遭到怨恨与陷害。他后来被削职为民，再不过问仕途，一心只创作乐曲歌辞，自比为乐舞谐戏的艺人，为他家乡的秦腔，做出了卓越的贡献。后人给予评价：官场不幸秦腔幸。

这样的人，有着雪的风骨，是要瞻仰着才是。他的诗文，亦是骨骼奇秀的。他写过一首《冬》的诗，很应我眼前的景：

云冻欲雪未雪，梅瘦将花未花。

流水小桥山寺，竹篱茅舍人家。

三笔两画，一幅乡村冬日图，就活灵活现着了。初读，以为是静止的。像佛乐《云水禅心》，古筝叮咚，乐曲突然地滑翔下去，那种空灵，无有尽头。我总觉得，佛乐是有颜色的，青色，或者银灰，最配。空旷，迷离，如这冬日一场大雪前。

然分明又是驿动的。无论是云，还是梅，还是流水，还是小桥，还是山寺，还有竹篱和茅屋，它们都在翘首以待一场雪。等待的心，简直就要蹦出来了。

也许只是一盏茶的工夫，这场雪，就会沸沸扬扬而下。它们将在梅枝上雕刻花朵。将在流水上裙摆轻扬。将在小桥上铺设雪毯。它们调皮地打着滚儿，在山寺的屋顶上，在人家的篱笆墙上。

这个时候，最好能约上三五知己，围炉取暖。喝点小酒，唱点小曲，读点闲书，说点闲话。门外，雪和夜色，慢慢倾城。

## 冬　至

—

:

12月21~23日，蚯蚓结、麋角解、水泉动。

在我的印象中，冬至是所有节气里，过得最为像模像样的。那节庆的隆重，堪比中秋。

然我们不叫它冬至，我们叫得更为直白，过冬。

也就是说，从这天起，才算真正入冬了。人常说，数九寒冬。是从冬至日这天开始数起的。

不能不佩服一下我们的老祖宗，在遥远的春秋年代，他们

就能用土方法，测定出这天在我们北半球，白天最短，黑夜最长。照他们的说法是：阴极之至，阳气始生，日南至，日短之至，日影长之至，故曰冬至。

老祖宗们对这个节气的重视，也非同一般，他们有"冬至大如年"的说法，一直流传至今。《晋书》上载："魏晋冬至日受万国及百僚称贺……其仪亚于正旦。"说的是过冬这天的排场与讲究，仅次于过新年的。

我们这里的过冬，又有小冬、大冬之分。先一天是过小冬，后一天是过大冬。大冬是正日，家家必庆之。像一幕戏剧开演，前面先来个插科打诨的，吊足观众胃口，然后，主角才上场。

大冬圆子小冬面——这句顺口溜,淮扬一带的人,男女老幼,怕是人人都会唱。即便对过节的意识,已淡薄成一抹水雾的年轻人,也能忆起小时候,家里过冬吃汤圆的情景。大清早起来,外面滴水成冰,小小的屋子里,却蒸腾着热热的雾汽。一家子围桌而坐,人人面前一碗热乎乎的汤圆。有合家团圆之好,也有祈祷来年一切圆满顺遂的意思。

也是,一过冬至,日子也就走到岁尾了,新年的脚步声,已"哒哒"地响在门外。"天时人事日相催,冬至阳生春又来。"瞧瞧,人家杜先生真是个急性子的,冬才开始,他已嗅到春的味道。在这送旧迎新之际,理应狠狠庆贺才是。条件好一些的人家,还会烙糯米饼、蒸糯米团子吃。——民以食为天,一直以来,吃是最隆重的庆贺方式。

这时候,人的脾气也变得温顺,连脾气火爆的我妈,脸上也多了笑容。她一向和我奶奶不合,一个屋檐下住着的两个人,搞得像仇人似的。但在过冬那几天,却看到她们见面客客气气的,晕黄的灯光下,她们亲密地坐在一起,搓汤圆。

我们进进出出的,不知怎么快乐才好。想到明早起来,将有甜甜的汤圆可吃,这是幸福的。又看到我妈和我奶奶那么和睦亲厚,就觉得眼前的事物,没一样不好了。

## 小　寒

---

∶

　　1月5~7日，雁北向、鹊始巢、雉始雊。花信三
候：一候梅花，二候山茶，三候水仙。

　　"三九四九的天，冻死人不偿命。"节气一过小寒，我奶奶
就如此念叨着了。清早，她去地里挑青菜，给我们下面条吃。
回家，推开屋门，一股清冽的寒气，跟着她进来。她跺着脚，
把脚上沾着的冰霜跺掉，一边说，霜水滴滴、霜水滴滴啊。

　　我们在她那声"滴滴"上发怔、兴奋，想着，小河里结着

冰，是可以溜上去玩的。还可以打冰飘，比赛着谁打得更远。

家里也必温着小铜炉的，从早到晚，炉内的火星子不熄。那是我奶奶的陪嫁物，纯铜的，暗澄澄的。小铜炉里，可以埋香，还可以埋故事。香是蚕豆、玉米粒的香。我们找上一把蚕豆，或是玉米粒，埋在炭灰里。一会儿就听到"啪"的一下，一粒蚕豆，或是一粒玉米开了花，满屋子窜着香。我们兄妹几个争抢着吃，吃得嘴边全是炭灰。故事是我奶奶讲的。我奶奶重复地讲着同一个故事，听得我们耳朵都起了茧，但还是津津有味地听着。那样漫长的冬，得有故事配着，才消受。

屋檐下，也总是挂着冰凌，长长短短。出太阳了，每根冰凌，都像银棍儿似的，闪闪发光。我们站在路口，往我们住的小屋子看去，寻常的茅草屋，被冰凌们装饰着，成了可爱的水晶宫了。真叫人喜欢。

也有歌谣好唱："雪花飘飘，馒头烧烧，吃吃困困，两头香喷喷。"冻得结实的乡村土路上，常蹦跳着一两个小丫头，在唱这样的歌谣。有馒头可吃，对那时的我们来说，是极高的向往了。

现在的冬天，好像没有从前冷得那么干脆彻底了，孩子们也都不识冰凌为何物，雪也少见了。小寒的天，我在北京开会，北京也才下第一场雪。小，米粉似的，薄薄地敷了一层在地上。尽管这么的小，还是惊动了四方，宾馆里的人，都欢呼雀跃跑到门口去看雪。在北京的朋友也忙着给我发信息报喜，下雪了！我回，知道呢。那会儿，我就站在雪地里，看雪东一粒西一粒飘着，很是漫不经心的样子。

雪止的时候，天黑了，我一个人逛北京城。在街头遇到烤山芋的炉子，让我恍惚良久，以为是在我的小城。我买一只，焐着手，站在风里，跟烤山芋的老人说话。

老人是东北人，来北京十多年了。儿子也在北京打工。老伴现在也跟来了。我问，是北京好，还是老家好？老人望了我笑，半天才说，当然老家好啊，这种天，那雪大的，跟扯棉花似的。

# 大　寒

·

1月20~21日，鸡始乳、鸷鸟厉疾、水泽腹坚。花
信三候：一候瑞香，二候兰花，三候山矾。

我祖父每到年底，必去老街上，买一本老皇历回来。

有事没事，祖父爱捧着那本老皇历翻，眼睛眯缝着，一行
一行看下去，再看上来，张口就能说出当天的卦运，以及吉、
凶啥的。我小时由于好奇，也曾凑一边看，上面都是繁体字，
又竖排着，密密麻麻，看不懂。我在心里面对曾读过私塾的祖

一年起始，万象更新，
四季又进入了一个新的轮回，
拥有着新的期待。

父，便很有些崇拜了。

那日，一场小雪后，天上出太阳了。太阳光蒙蒙的，像怕冷似的，穿了件珊瑚绒的衣。我祖父坐到家门口掉光叶的桃树下，又翻开了老皇历，嘴里忽然喃喃道，哦，都浇大寒了。他起身，开始动手到厨房的碗柜顶上，把积满尘的蒸笼取下来，泡到打好的井水里，清洗。节气一浇大寒，春节也就离得不远了，该蒸馒头和年糕了。

我们在一边看着，简直高兴得要飞上天去。啊呀呀，就要过年了呀。过年有白花花的馒头吃呀。过年有糯糯的年糕吃呀。过年还有鱼和大肥肉吃。年景好的话，还能穿上一身新衣裳。

不过一两天的工夫，一个村庄，眼见着鼎沸起来，这家杀猪，那家宰羊，热气腾腾。孩子们大抵没什么事做，整天却忙得要命，一刻也不得闲。集体在大河里捕鱼，是要跟在后面去看热闹的。谁家在杀猪，也是要亲自跑过去凑一边看看的。还得时不时跑去鞋匠家里探听一下，看母亲给做的新鞋，有没有绗好。

人说，小寒大寒，冷成一团。冷？哪里觉得！我们的头发丝里，都冒着汗哪。冰天雪地，哪敌我们心头的暖。我们对大寒，实在有着极大的好感的，是它给我们带来了快乐和向往，是它给我们带来了新年。

蜡梅也凑趣儿似的，一枝一枝开了。这种花只要稍一启动，我们的鼻子准会知道。树也不挑地儿长，就长在一垛草垛子旁。折一枝回来，能摇动一屋的香。也只有孩子们去攀折。

每个孩子，天生都是喜欢花的。

我们还去剪冬青树的枝条，青碧碧的，插在玻璃瓶里，装饰小屋。又对大人们软磨硬泡，讨得钱来，去老街上挑些年画回来，花花绿绿，贴满小屋的墙。

当一切的准备工作就绪，年也就到了。我们一门心思，过年。

那些日子，人见面，都是欢喜着的，没有争吵，没有隔阂，世界一团和气。鸟雀的叫声，也明亮多了。河边的柳，已萌动着春意。一年起始，万象更新，四季又进入一个新的轮回，拥有着新的期待。

第六辑

# 只为途中与你相见

· · ·

很多时候，我们的心，只对自然和神打开。

# 雨中访雪窦山

初冬，我去浙江舟山，途经溪口，在那里作了短暂逗留。

溪口几年前来过，跟着一堆人，拥着进了蒋氏故居。还去了一条古街道，满街都在叫卖千层饼。我对这些，无甚兴趣。印象深刻的，倒是古街近旁的一条溪流，清澈见底。有几个当地妇人，脚踩在水里，弯腰在淘汰。对岸青山倒翠。有人说，这就是著名的剡溪呀。我听说后，十分高兴，在溪边溜达了很久。把那清水和青山，还有妇人们弯腰淘汰的日常日子，一并栽进我的记忆里。

这次我在溪口要住一晚，第二天不必急着赶路，有大半天时间。我和那人商量着，不如找附近一景点逛逛。上网搜索，雪窦山跳了出来。

我是个容易被地名迷惑的人，一看到"雪窦山"三个字，眼前立即打开了一个冰雪世界，有雪峰奇峻。兴奋得很了，去，一定要去看看！

半夜却下起雨来，迷糊中听着，着实懊恼，希望晨起时能够雨止。然晨起时，雨非但没止，反而加大，如水柱般，直射下来。我站窗口看，心里真是失望，想着这大半天时间怕是浪费了，要被关在这宾馆里了。一边祈祷着老天爷，让它大发慈悲，把雨给收了去吧。

说来我的运气还真不错，大雨持续了半个多小时，竟渐渐化作柔情丝了。好，出发，去雪窦山！我们要来个雨中访雪窦山。

我们的车子，顺利抵达景区门口。门口晃荡着粒粒可数的几个游人，和我们一样，有些傻傻的。彼此对望着笑笑，视为同道中人。

先去妙高台。

雪窦山的胜景，人推妙高台，又称妙高峰、天柱峰。前人有诗赞曰：

一峰高出白云端，俯瞰东南千万山。

试向岗头转圆石，不知何日到人间。

这写的是妙高台的奇峰突起，宛若在仙界。苏东坡那首著名的《水调歌头·丙辰中秋》，据说就是在妙高台上作的，"但愿人长久，千里共婵娟"成为了千古绝唱。他亦写过一首《妙高台诗》："中有妙高台，云峰自孤起，仰观初无路，谁信平如砥。"算是给妙高台画了个像。

流传的故事也动人。传说，宋代高僧知和禅师，曾于妙高台上布禅诵经。山中有两虎，日日听其诵经，最后竟收了野性，入禅了。至清初，妙高台上建起一座庵堂——栖云庵，后又筑石奇禅师舍利塔。到现代，蒋介石在那里曾建有私人别墅。

雾大，一团过来，再一团过来。人拂开雾去，又走进雾中。山中木栈道蜿蜒而上，犹去攀仙境，树木忽隐忽现。这么一路走着，也就登上了妙高台。往四周看去，全是雾茫茫的，看不见什么。往下面看去，亦看不见什么。山风吹着冷，空气中滴着水珠。猜想着，随便打捞一把，怕是可以打捞上一座湿漉漉的山峰来的。

从另一条道下山，远远听得"钟鼓齐鸣"，喧天动地的。原来，遇着瀑布了。此山多水，名字本就因水而生。山有乳峰，峰中有窦，水从窦出，色白如雪如乳，故名雪窦山。

雨雾中听瀑布，实在有趣。彼此看不分明，全凭声音在传递感觉，美妙得很。你听着那水声哗哗哗的，如大江大海在奔流，你知道，瀑布正从那千丈岩的岩顶上，纵身跃下。如白练。如巨蟒。全凭你想象去吧。

历代文人墨客，对它多有倾心。在王安石的笔下，它是

"玉女机丝挂";在曾矾的笔下,它是"玉虹垂";在郑清之的笔下,它是"挂玉虹"。它早已成佛成仙,非尘世俗物了。也果真的,从晋时起,瀑布口就建起了寺院——雪窦寺,历时一千七百多年,在佛教史上,举足轻重。

三隐潭的瀑布更多。

从雪窦寺转车,去三隐潭,方见识了这世上更美的水。

三隐潭有"三隐",一为上隐潭,一为中隐潭,一为下隐潭,全长一千六百多米。人尚未走到崖口,哗啦啦的水声,就远远来迎。从陡峭如天梯的216级台阶小心而下,就到达上隐潭的潭底。这时,雨雾减轻了许多,目极处,树木岩石分明。一挂瀑布,如蛟龙,从崖顶腾跳而下,气咻咻地撞击着两侧石壁,发出巨大的轰响。似莽汉撞钟,白花花的水花,四下逃散开去,都溅上我们的身了。

行不多久,遇亭,八角飞翘,名曰寒玉亭。——中隐潭到了。

有双瀑入潭的奇观。当地人称之为鸳鸯瀑、情人瀑。人的情感里,爱情永远是至上的。也是,没有爱情,哪里来的人类生生不息?

停在那里,赏一首诗。诗是北宋梅尧臣的:

山头出飞瀑,落落鸣寒玉。

再落至山腰,三落至山足。

欲引煮春山,僧房架刳竹。

咀嚼再三，茶香袅袅。尤喜那句"欲引煮春山"，不知是春山先醉了，还是人先醉了？

雨一会儿大，一会儿小，也无妨的。走呀，走呀，往下隐潭去。水跟着一路走，由长啸，换成低吟浅唱。路崎岖，石怪异，两岸多悬崖峭壁。树木亦很茂密，杂乱无章地长着。金黄的黄栌，和火红的枫树，间杂其中，以斑驳的峭壁作了背景，美若油画。

遇一老翁，撑着伞，在瀑布边垂钓。想他若是青箬笠、绿蓑衣，才更应景呢。我站他边上看半晌，也没见他钓着什么上来。他却不急不慌，笃定地继续垂钓着。他或许不是真的想钓着什么，只是这么钓着，钓着瀑布。如同有人爱雨中品茗、雪中赏梅一样，都是人生情趣的一种。人生是要活出点情趣来，才有意思些的吧。

手边碰触到一丛丛低矮植物，细细看去，发现山谷两边，都栽着这种植物。一中年游人路过，告诉我，这是映山红，春天来，花都开好了，红红的，一路铺下去，一直铺到潭底，那才叫惊艳呢。我在他说的"惊艳"上发呆，盯着他看。他笑一笑，说，每年，我都要来好几回的，春夏秋冬，都来。

为这个人感动，又为这里的风景庆幸，它得遇知己了。我想起曾看到的一句话：很多时候，我们的心，只对自然和神打开。

## 平遥行

·

一

清晨六点半左右到太原。出站，外面下着雨。

五月的天，居然，很冷。

打票去平遥。最靠近的班次是上午七点五十的，只有站票了。好吧，站就站着吧。

火车晚点二十分钟。

一路无故事。

到平遥。先前已联系好的毋家客栈老板，老早在车站候着了。我们一出站，他就迎上来。小伙子帅气，留着板寸头，人很客气，他抢着帮我们提东西，嘘寒问暖。在去客栈的路上，他滔滔不绝地介绍平遥，介绍古城墙和瓮墙。"鼎盛时期，我们这里有四大街八小街七十二条里弄呢。"他说。几千年的历史，在他的讲述中，眨眼就过完了。他说古城墙像只神龟趴着。"你们看，像不像？"他伸手一指，我们扭头去看，才发现，我们原是走在古城墙边上的。彼时，也只能粗略地看个片断，哪里像神龟！却点头称是，"像，像。"怕拂了他的好意。

他的客栈离火车站不远，约莫十分钟的时间，也就到了。下车，一堵好高的城墙，叠立在跟前，风雨不动，固若金汤。我们拖着行李从城门进去（我后来才知那是北门），毋家客栈就在城墙脚下。

一个大大的四合院，南北东西，全是房子，两层。房子色彩艳丽，都是雕花描红的，如织锦般。不是旅游高峰期，客不多，多数房间空着。小伙子把我们安排进了一间东厢房。

房间布置得极有味道，是那种极具民族风的。倚窗，是半圆形的木几（不知它叫不叫几，似乎平遥人家，房间里都摆着这样的几，上面可以放茶具、搁花瓶）。倚墙，盘着一铺炕当床。一头的木头靠背上，精雕细琢着一些图案。细辨之，是青瓶插菊、青瓶插竹。枝叶繁茂，花开丰腴，有过日子的喜悦在里头。

床上的被褥也是民族风的。被子一红、一绿，叠得整齐，如大婚。红底子上，点缀着绿叶红花朵，和一对对黄鸳鸯。绿底子上的，点缀的亦是绿叶红花朵，和一对对黄鸳鸯。枕头是大红的，上面绣的，也是鸳鸯戏水。好日子就该日日如新婚燕尔，真是喜庆。

二

雨止。我们出门去，风刮着冷，冻得直打哆嗦。

满街找着买衣裳。

最后，我买了条厚厚的披肩，裹上，这才缓过一口气来。想起祖母在世时常念叨的话，六月出门要带寒衣。从前对这些老话，我是不屑听的。现在想想，老人们的经验，那可是历经岁月淬炼过的，是真金白银哪。

买了张联票，古街上的所有景点，我们都可以自由进入了。真像得了把门钥匙，有做主人的感觉。

票号多，镖局多，还有武馆，还有收藏馆。天下第一票号日昇昌，就在古街上，至今保存完好，光绪皇帝曾亲赐匾额：汇通天下。烜赫一时。

"进了平遥城，银子元宝绊倒人。"这是从前流传的歌谣。从前，西去淘金的，东去贩卖丝绸茶叶的，都会在这里打尖歇脚，票号应运而生，这里渐渐繁荣起来。走在老街上，耳旁仿佛就听到账房先生拨弄算盘的声音，啪嗒啪嗒，啪嗒啪嗒，骤雨一般。怨不得他们要在四周高筑城墙。历来富贵都遭人妒恨和觊觎，财富多一分，危险就多一分。

　　偶遇李叔同的长幅画卷，不知是不是真迹。画面上读书人品茗者各具神采，仿佛甩甩衣袖、伸个懒腰，他们就走下来了。

　　街上遍布老屋，都被后人开辟成客栈和店铺了。无一例外的，外表都是色彩缤纷、喜气洋洋。好像一个世界的欢喜，都聚到这儿来了。小户人家住四合院。大户人家基本都是三进院落，前院和后院的门槛，都砌得高高的，中有垂花门相连着。院落内，轴线分明，轴中央是主屋，东西排列着厢房。主屋高出厢房些许，极具威仪感。所有建筑，大到披檐、廊柱、额枋、照壁，小到挂落、石础，无一不考究之极，都是精雕细琢着的，上面绘一些人物故事，讲的多是忠、孝、理、义之德行。

　　也总是瞅见这样的装饰画挂在墙上——女人和孩子。或许是昔日的当家主母。女人都生得姿容富态，仪表端庄，衣饰华丽。她或怀抱小儿，或身旁傍一嬉戏的小儿。却都有意从裙摆下，露出她的小脚来。有的甚至特地把那小脚翘出一只来，给人看。那脚真是小，小得似婴儿的小拳头，看得人心惊肉跳。可她们却不知觉，微微笑着，颇为安然。

对心灵的扭曲，远远比对肉体的戕害更可怕。它是无知无觉，它是麻木不仁，甚至不以之为悲，反以之为喜。倘我生在那个时代，我怕也会如此的吧。这么一想，惊出一身冷汗，那华丽背后的霉味，令人眩晕和窒息。我赶紧走开去，站到院子里一棵石榴树下，做深呼吸。

欣赏了一些老家具。桌椅、床铺、琴台，都是雕着花的。也欣赏了一些老器物如龙凤瓶之类的，明清时的。想这些老古董，不知经过多少人的手。里面插过梅，插过菊，插过牡丹和芍药，也插过祈愿和富足吧？小女孩天真的声音，在左右萦绕。如今，都是寂寂，无争，无求。

再多的欲求，历史也会帮你抹得干干净净，不留一丝痕迹。

## 三

早起，晴好的天。听了客栈老板的建议，拼车去了不远处的王家大院，领略了那里叹为观止的古建筑群。主体建筑是个"王"字造型，龙走其间，依山坡蜿蜒，气势巍峨。站在"龙头"俯瞰，整个王家大院，犹如棋盘，道道相连，门门相通，又自成一家一体。

午后回到毋家客栈，休整片刻。

突然下起太阳雨。意外地看见一道美丽的彩虹，我们欢喜极了，正站楼上走廊里发愣，隔着一条街道，有人对着我们拍照，说是呈45度角。笑。

雨停，我们去城墙上。

高高的城墙上，除了风，就剩我和他。我们在上面漫步，作逍遥游，历史的多少刀光剑影，都化作轻盈。当此际，平遥城内，百姓的日子是那样真实可触，房子密集，你家挨着我家的，连成一体。屋顶都是那种四四方方的平顶，加了护栏。偶见一树槐花，或是梧桐花，开在人家屋角。有狗从巷道里慢慢踱出来。有小孩子在哪条巷道里笑。有人在房顶上，一边干活，一边唱着歌。——这是旧城。城墙的另一侧，是新城，车水马龙。现代与古代，就这样和睦亲厚地做着邻居。

从北城门，一直走到南城门。遇到三三两两的人，都过来询问我们，从哪里可下城墙？他们是走累了。也不过才走了三分之一的路。这城墙，委实太长了。

天色渐晚，我们下了古城墙，从南城门进。路边的小吃食店星罗棋布，我们随便走进一家去。烤栳栳和碗秃则，这些名字叫得古怪的食物，都各要上一份。等食物端上来，我扑哧笑了，这不是炒面皮么！分量真是足，吃到撑。

饭后继续逛古街。月亮出来了，那么大，那么圆。天上空无一物，我疑心它要掉到古街上来。街上行人渐少，两边店铺里的光亮，便显得格外空荡和迷离。我们走到一音乐酒吧门口，被里面的歌声吸引住，在门口逗留。一对老外夫妇也在，妇人随着音乐起跳，跳得好极了。后来，夫妇双双起舞，跳了好久，才离去。我把掌声送给了他们。

往回走，遇到打更的，穿戴着清时服饰，敲着铜锣，一边敲一边拖着长音叫，小心火烛。他把月亮的影子给敲碎了。一时间，我分不清今夕是何年了。

月亮还在天上，我暂时还不想回客栈，贪恋着那份深沉的宁静。


## 四

太阳升上来，热得很了。两重天的平遥，真让人无法消受呢。

出门去，再走走平遥古城。老街道横竖也就那几条，走着走着，就到头了。阳光下看它，它恢复了寻常，虽还是五颜六色着，但色彩浅淡了许多，多了份古朴和庄重。

我喜欢看那些吃食店，一溜过去，全是。烟火蒸腾，招牌上大书特书——平遥特色小吃108种。初看到时，我欢喜得一头扑过去，天哪，108种，我得多少天才能尝遍！然在平遥逛了几天，我变得淡定多了，山西人真聪明，可以把面食翻样出几十种不同样的，什么蛋蛋面、糊糊面、烤栳栳、碗秃则……味道也都相差无几，叫法上却风情万种，任谁，也抵不住这些名字的诱惑，一定要尝上一尝。

他们还喜欢在食物名字后面，添加一个"则"字。下午三四点，有骑着车满大街叫卖"菜饼则"的。起初我不明所以，叫"则"是啥意思呢？真是好奇得要命。赶紧买两个饼尝，等饼拿到手，我笑了，只是菜饼而已，韭菜馅和咸菜馅的。问卖菜饼的人，为什么要在菜饼后加一个"则"呢？她解释，啊，那是"子"的意思。

明白了，这原是地方方言的尾音儿呢。然这一加，多有意思啊，像小院子外，要加一个垂花门，再加一个照壁，几重山水，方见真容。

满街流淌着诗意和歌谣，随便一个小姑娘，好像都会刻字，都会织围巾，都会绣花，都会吹陶笛和埙，都会敲着手鼓唱歌。人掉进这些里头去，一时半会儿出不来。只觉得日头方好，人生方好。

去参观了平遥县衙。这是中国目前现存规模最大的县衙，据说始建于北魏。衙门外东有风水楼，西有乐楼，南有照壁。衙门内，沿中轴线自南而北有大门、仪门、牌坊、六部房、大堂、宅门、二堂、内宅等建筑。内里还建有钏楼、土地祠、戏台、酂侯祠、督捕厅、牢狱、粮厅和花园。一一浏览下来，除了惊叹，还是惊叹，小小一个县衙，堪比皇宫！

去了城隍庙，二郎神的庙。巧遇一场县太爷率手下去求雨的戏。演员都是当地居民，他们一天大概要演上十几场，走起路来，有些无精打采的。长袍子下面，露出一双踩着拖鞋的脚来。却还要一本正经地跨两步过来，抱拳道，老爷，一应已准备妥当。我看着笑了，真是好玩得很。

收藏馆里收藏着很多过去的报刊，中有最早的《申报》。上面刊一则香烟广告，实在有趣。画面上，一男一女。女人买了香烟送男人，却不说，而是调皮地捂住男人的眼睛，让他猜。画外语：掩住眼睛也能闻得到。

镖局多，出出进进好些个了，跟着学了一些江湖黑话，比方说，称母亲为月宫，称父亲为日宫，妻子是家底，兄为上部，弟为下部。

一段土匪与镖师的对话，让我咀嚼半天：

土匪：好美一池春水。意思是，院子里的财物不少啊。

镖师：水里没有鱼。意思是，没有多余的给你。

土匪：水里鱼不少。意思是，我就要强取呢。

镖师：鱼身上有刺。意思是，你敢！

明明是一场剑拔弩张，愣是被他们搞成了春光烂漫、闲庭散步。

邂逅到一个制笔的工匠章师父。他是江西人，到平遥八年了，有一儿一女，都在平遥念书。他的店里、墙上、桌上，到处都是笔，总有几千支的，全是他的手工杰作。他跟我讲了制笔的一些工序，多达一百二十道，每一道都马虎不得。我问他生意如何。他淡淡笑了，笑里面有哀愁，他说市场不景气，没有形成消费群体，这种非物质文化遗产，怕是后继无人了。

我们问他买了两支笔，八十块一支，青花瓷做的笔杆，很雅致。算是对他的支持。真希望能多一些人研墨铺纸，一笔一画写下对这个尘世的温情和爱意。

遇见昨晚在月下跳舞的那对老外夫妇。他们显然也认出了我们，他们冲我们笑，我们也冲他们笑。

次日傍晚，在北城墙脚下，我们再度相逢。那会儿，他们坐在城墙脚下一方台子上，两个人肩挨肩、头靠头，望着城墙。夕阳掉在古老的城墙上，晚风吹得徐徐的，送着清凉。

# 走吧走吧，到天边去

一

　　青草。花朵。牛。羊。马。牧人。湖泊。天空。偶尔的蒙古包，像白蘑菇一样的，撑在草原上。天地之间，遍洒颜色，杂乱无序地，绿着，黄着，粉着，青着。像小孩子画的蜡笔画，处处有着它的稚气和趣味。是洪荒年代，你未染尘，我未惹埃，从身体到灵魂，都是赤裸裸干净着的一个。看哪，看哪，我就在这里，我等了你千万年。

这里是天边。

这里是传说像青草一样长着的呼伦贝尔大草原。

走吧走吧，到天边去。

呼伦湖给我的第一印象，有点吵。湖边一溜排开的，都是撑着红帆布的棚子，卖俄罗斯雪糕和冰淇淋的。卖蒙古特产牛肉干、奶酪和奶片的。还有卖烧烤的，大喇叭比赛着叫，羊肉串！羊肉串！

有马车披红挂绿，候在那儿，等着生意。马寂寞又无聊地站着，望着半空中一处虚无，一动不动。马是沉思者。

我踩着泥泞，走向湖边。野芦苇东一根西一根地生长在低浅处。乍见之下，我有点失望，这哪里是湖，这明明就是一沼泽地。

洞天却在后头。你得越过一丛芦苇，再一丛芦苇。踩过一些泥泞，再一些泥泞。眼前突然洞开，辽阔的水域，铺展开来，直直地铺到天边去了。真叫人吓一大跳，怎么可以这么宽广！

湖水汤汤。从史前，一直汤汤到现在。是谁的足印，第一个印在湖边的？然后，开始有了人烟。湖里鱼肥虾多，承载着人间烟火，一个世纪，又一个世纪。这个内蒙古最大的湖，当地牧人亲切地称它，达赉诺尔。意思是，海一样的湖。

天空变幻莫测。一会儿阳光灿烂，湖面上，便像撒了无数把碎金子，金光万丈。所有的水，都在一瞬间活跃起来，手挽手肩并肩地跳起了舞。一会儿移来一片乌云，湖水立即沉寂下去，现出它们深沉的一面。

暗地里，它们却在赛跑。它们跑啊跑啊，一溜烟地，跑到天上去了。极目处，天与湖，早就浑然一体了。水鸟掠过湖面，一只，两只，三只……一群，两群，三群。这里物产丰饶，不仅是牧人们的天堂，也是鸟的天堂，有两百多种珍稀鸟类，在此安家落户。

八月末的湖边，风已开始呼啸，冰冷清寒。我薄薄的衣衫，不抵风寒。

该走了。最后再看一眼，这颗呼伦贝尔大草原上的"珍珠"，我愿它永远这般安详。


金帐汗——当年成吉思汗行帐的地方，他在这里秣马厉兵，与各部落争雄，最后一统呼伦贝尔大草原。

这里亦是中外驰名的天然牧场，山清水秀，水草肥美，曾有许多游牧民族，在此挥动牧鞭，放逐牛羊，繁衍生息。现而今，已建成金帐汗蒙古部落景观，所有的布局设施，都尽可能还原成当年游牧部落的样子。

一到夏天，中外游客蜂拥而来，金帐汗便开始了它一年一度的盛会。套马表演、驯马表演、蒙古式搏克、角力擂台赛、祭敖包、萨满宗教文化表演等等，层出不穷，而晚上的篝火晚会，则把这样的狂欢，推向高潮。

门票30元，我没买，只绕着它的外围看了看。对人造景观，我向来兴趣不大。

　　小雨蒙蒙，天湿冷得像寒冬。除了我和一辆车，没见到有人来。当地司机说，前段日子这里大雨，雨水都上路了，不少地段都被淹了，人进不来。又，也过了旅游旺季了，再过半个月，这里该下雪了，一下雪，就要封路了。

　　甚好。我在心里面点头，欢喜。

　　我也不知道，我为什么要欢喜。或许是因少有人再踏入，它将有大半年的休养生息期。——越少有人到达，越能保持它的真性情吧。

　　我遥看了一下被老舍夸为"天下第一曲水"的莫日格勒河，因连着下大雨，曲水也不曲了，已是汪洋一片，茫茫的。

　　天与地，再难分清。


二

　　走到天黑，打尖歇脚。

　　边陲小城，叫额尔古纳。

　　蒙语里，额尔古纳是"折返"的意思。是游子远走，一步三回头，终抵不住对家园的魂牵梦萦，快马加鞭地赶回来了，一头扑进家园的怀抱，再也舍不得离开了。是河流远流，却在此处流连回望，浇灌它以甘露。于是，花开，树绿，牛羊遍地。

是块富庶的地儿呢。额尔古纳河在此日夜不停地喧喧，森林、良田、牧场，天赐的一般。成吉思汗那力大勇猛的二弟哈撒尔，在战场上屡立战功，得此封地，安居乐业，蒙古民族从此在这里兴旺发达。

街市寻常，看不出曾有的显赫。有炊烟在飘，混合着菜肴的香。千百年来，一鼎一镬，才是人类最真切的拥有。我去寻一条叫丁香的巷道。网上预定的宾馆，就坐落在这条巷道上。

车子在灰扑扑的房子中间，来回折转。问了好几个当地人，也才在城市的边缘给找到。

宾馆的名字，没什么特别，辰旭。一幢二层小楼，门口挂着粉色珠帘。

辰旭的老板迎出来，是个很温润的中年人。他双手来握，说一见我就喜欢。你果真是个阳光的人啊，他这么说。而在我到来之前，他一直在读我的文章，言说读得唇齿生暖。


住下。有到家的感觉。

老板不时过来问，还需要什么。

自然要向他打听，额市有哪些好玩的地方。他笑着想了一想，回我，也没什么好玩的啦，你明天可以去看看根河湿地，还有白桦林。晚上这里的广场上，有秧歌表演，你若有兴趣，也可以去看看。

我微笑，点头。人大抵都犯着这样的错，身边的好风景，常视而不见，只缘身在此山中。又或是，再好的景致，日日见着，也都成寻常，彼此相融，不惊不扰。——生活还原成生活，这才是最好的状态吧。


出门。冷。我把能加上的衣服，都加身上了，仍然冷得慌。

不管，还是想四处去逛逛。

走不多远，遇一丛野葵，像一群妙龄的女孩子，站在路边，挤挤挨挨在一起，打闹嬉戏。我靠近，跟那些花朵打了声招呼。花朵年年，都有哪些眼光落在上面过？我珍惜着每一次相遇。人生的很多经历，只此一次，再无重逢。

街道横几条、竖几条，走着走着，也就到头了。

少见高楼。灯火次第点亮，站街头望过去，也是一条光华璀璨的河了。

我拐进一家馒头店，看了看人家做的馒头。那边问，买吗？一块钱一只。我答，哦，不，我只是看看。人家也不生气，笑笑的。我又拐进一家特产店，看了看当地的特产，有新鲜酸奶，有马奶酒，有各色奶片。装酒的皮袋很有特色，盘珠绣花的。我花30元，买一袋子马奶酒，留作纪念。

我还停在一卖水果的大爷身边，问了问水果的价钱。到底是有肥沃良田的地方，瓜果都相当便宜。我买了两只香瓜，拎着。再走在额市的大街上，施施然的，我也是额市中的一个了。

老远就听到锣鼓响，那是从哈撒尔广场传来的。

走近，红红绿绿的人群，这边在跳扇子舞，那边在扭秧歌。一边的大屏幕上，在放电影。威武高大的哈撒尔王，一手持弯弓，一手牵白马，屹立在广场中央，默默注视着这些欢乐的人群。

男男女女，老老少少，穿红戴绿，载歌载舞，喜庆祥和。

我跑向一支秧歌队伍，做围观者。站我旁边一男人，边看边摇头，说，这扭秧歌不正宗呀。跃跃欲试着。我问，那正宗的是咋样的？他当即跳起来。我笑了。我以为，正宗不正宗不重要，快乐就好。

又一拨锣鼓响。来了扮孙悟空和唐僧的，后面也跟着一支秧歌队伍。我忍不住跳进去，学着扭秧歌。扮演孙悟空的妇人，热情地递给我一把绸扇和一条绸巾，让我当道具。我于是成了他们队伍中的一个，扭呀扭呀扭秧歌。

一年轻男子来跟我对舞。一老者来跟我对舞。一女子来跟我对舞。扭呀扭呀扭秧歌。我们笑着、跳着，一句话也没有说。舞蹈就是最好的语言。

今夜，只关乎舞蹈，不关乎其他。

今夜，我只属于你，亲爱的额尔古纳。

三

辰旭的老板一大早熬好小米粥，买了油条、馒头，弄了两个小菜，给我开早饭。

喝完小米粥，跟老板握手告别。他说，你要一直一直阳光下去呀。我答应，好。

我会记住他的。

去根河湿地。它被誉为亚洲第一湿地，原生态保存得相当完好。

有电瓶车直接开到西山的山顶上去。我没坐，我喜欢走着，沿途随便看。这于景于我，都不紧张，两下放松。

秋已降临到这片土地上。野花儿仍在不息地开，紫的、红的、黄的、蓝的，不一而足。

草尖儿却开始黄了。远观去，清浅的一层黄，轻轻落在山坡上，仿佛是谁吃着饼干，不小心落下了饼干屑子。

紫色的马铃花最招摇，摇着一串铃铛，笑得叮叮当当。我下到草地，去看它们。蚊虫多得能用手捧，可怜我穿条七分裤，裸露的小腿和脚脖子，成了蚊虫们争先叮咬的对象。我一边扑打着，还是执意往草地深深处去。上坡。下坡。视野突然开阔——我已站在湿地边缘。

山峦环抱。山脚下是巨大的根河河谷。绿洲和小岛密布，根河畅游其中，如银蛇盘旋，圈出一眼一眼的牛轭湖，似大珠小珠落玉盘。湖边矮树灌木丛生，一蓬蓬，一堆堆，轻舟一般，载绿而过。

静默。除了静默，我不知道还能以什么方式，来消受这样的美？

两个牧羊女端坐在山坡上，手执牧鞭，神情怡然。不远
处，有牛和羊在吃草。

那么多的蚊虫，她们竟安之若素。

两只长得一模一样的狗，看见生人，很不满地高叫起来。
我停住脚步，怔怔看。那边忙喝住狗，笑道，别怕，它们不咬
人的。狗真的听话地住了口，且冲我友好地摇摇尾巴，跑来嗅
我手里的伞和小包。

我摘一把红果子，问牧羊女，这是什么？她们齐声答，野
玫瑰呀。开花的时候，可漂亮了，粉粉的，又大又肥，她们比
画着。我被她们的形容逗乐了，想象着漫山遍野又大又肥的野
玫瑰，牛羊和她们，隐映于花海中。日子里虽有艰辛无数，可
有这样的盛开，对她们，也是一种慰藉吧。

想起牧区一个牧民的话。他说，做牧民很苦的，成天要跟
蚊虫打交道，日晒雨淋的。住的蒙古包，也是又潮又湿。这还算
不了什么，最难熬的是孤寂，茫茫上百里，有时，难得见到一个
人。孩子们也都不肯放牧了，能进城打工的，都进城去了。

红花绿草的背后，原有着自个儿才知晓的辛酸。

两个牧羊女的脸上，却波平浪静着。她们指着我手里的红
果子，笑着说，这个，可以泡茶喝的呀。我们这山上，好多的
草，都可以泡茶喝，可以治百病呢，比药好。

我"哦"一声，有些释然了。她们热爱着这片土地，这很
重要。因为热爱，才有满足。因为满足，才有幸福。她们在她
们的世界里纯净，享用着草地的丰饶——这也算生活给予她们

的回报吧。

路边的景致，变得繁复起来。不时遇见山，山都不高，浑圆的，有着女性美。都披挂着金色或绿色。金色的是麦子，麦子熟了。绿色的是树，是草。牛、羊、马点缀其中，像用彩笔点上去似的。

突然间就撞见了白桦。

山坡叠转，云生不知处，一片白桦林，就候在那里。

我有点发愣和吃惊。是想念久了的一个人，有朝一日，真真切切地站到你的跟前来，你除了欣喜，更多的是手足无措。

是的，我就是那么手足无措的，站在一片白桦林外。天空是很有架势的那种晴朗，瓢泼般的阳光，打在白桦们洁净的肌肤上，闪射出青瓷般的光泽。

那么多的白桦啊，那么多！都恨不得长到天上去了。

一棵，两棵，三棵，四棵……一片，又一片。多么熟悉的样子！我早在一些画作里见过。在一些文字里见过。在一些歌里面见过。修长的枝干上，布满眼睛，大的，小的，含情脉脉，一往情深。

我在林中穿行。看看这棵，看看那棵。没有一棵白桦，不是帅气的。像古装剧里，穿白衫舞折扇的翩翩公子，情深义重，义薄云天，总有好女子拼死相随。

山泉流得叮叮当当。我以为，那是白桦们的心跳。我弯腰，掬一捧山泉，清澈、清凉。一阵风过，白桦树的叶子，哗啦啦掉下来，像掉落了一地的心。林中少人，也听不到鸟啼。这真好，没有喧闹和芜杂。

也就有了安静。也就有了洁净。

白桦生来就是属于洁净的。

曾有朋友去东北，给我捎回一个用白桦树皮做的笔筒，洁净得我不忍插笔，只用来插干花了。鄂伦春人和鄂温克族的祖先们，也曾奢侈地用白桦树皮搭窝建棚，抵挡风寒。又心灵手巧地造出桦树皮小舟，叫作扎哈的，"载受两三人，陆行载于马上，遇水用之以渡。"——因有了白桦相伴，那些颠沛流离艰难困苦的岁月，也生长出诗意无限。

走出林子时，我碰到两个驴友，一老一少，都是从北京骑行过来的。年长的六十开外，年少的二十出头。他们原是两班人马，浩浩荡荡。然骑着骑着，就剩下他们两个。他们是在半路上遇见，就结了伴，在路上骑行近一个月了，晒得黑不溜秋的，然笑容灿烂、精神饱满。他们告诉我，接下来，他们还要去漠河看看。

我对他们表示敬佩。他们笑了，说，这没什么，如果你骑行，可能会比我们做得更好。

只要下定决心去做，总可以做好的。年长的那位在跨上车跟我告别之际，又突然折转过身来，冲我说了这么一句。

我笑着点头。这世上，好多的事，未必是你不能做的，而是你有没有决心去做，能不能坚持下来。坚持，实在是了不得的一种品质。

到达恩和时，已黄昏了。

四面环山的一座小镇，夕阳给它披上了金色的袍子。它看上去，不像是真的，倒像是小孩子用积木搭出来的。

这里曾居住过蒙古人的祖先。

这里也曾是淘金者们争相奔赴的地方。

镇上安静得很，木刻楞一幢一幢，异域风情，扑面而来。

司机推荐，这里有家列巴房，做出的列巴相当有名，好多人来恩和，都是冲着这家列巴房来的。你要不要去看看，买上一点？

当然好啊，我应道。

俄语中的列巴，是指"大面包"。正宗的列巴，是采用最原始的俄罗斯制作工艺制作，以酒花酵母发酵面团，加入适量的盐，放在砖砌的立式烤炉里，用原始森林里的椴木或桦木等硬杂木烤制。

恩和的这家列巴房，女主人就是纯正的俄罗斯人。她爱上这里的一个伐木工人，便嫁过来了，成了中国人的媳妇，带来了她制作列巴的手艺，开了这间列巴房。

车子在小镇上拐了两个弯，就到了她家门前。典型的俄式建筑木刻楞，门前垂挂着青藤，门廊上缠绕着一些或红或白的花。女主人是个微胖的妇人，白净，大眼，鼻梁挺直。她的普通话说得很标准。刚出炉的列巴，只只饱满酥松，散发出喷香的热气，我买两只，抱在胸前。她微笑着问，要不要坐下来喝杯水?

我摇头，四下里好奇地打量。房间简陋，两张藤编桌椅，显得古朴。房间有一大半都被烤炉占了，烤箱里，堆满了列巴。我思量着，这么多的列巴，都谁谁谁有口福给吃下去呢?这时，打门外突然涌进一拨人来，男男女女，笑笑闹闹的。他们跟女主人很熟的样子，说着他们的语言，那意思好像是说，怎么没备好茶水等他们。女主人一边捧出洁白的骨瓷杯，一边笑说，我这不来了嘛。

我笑着退出来。我喜欢这样庸常的场面，远离烽火，远离争夺，只关乎一杯茶水的清香、一只列巴的酥软。

## 四

去往莫尔道嘎的路上，多的是原始森林。用崇山峻岭、重峦叠嶂来描述，最贴切不过了。车子开进其中，像小舟驶进汪洋。

有熊出没吗?有狼出没吗?有豹子吗?有白狐吗?冬天，满山岭都挂着雪花，该是怎样的冰雕玉砌。——我就这么胡思乱想着，莫名地为这片土地感动。

莫尔道嘎隶属于额尔古纳市，地处大兴安岭北段原始森林的腹地。镇上居民众多，有14个民族在这里相融相生。

有关它的一段传说，我想在这里复述一下:

公元1207年，铁木真回室韦祭奠先人。半路上，他看到重峦叠嶂、树木森森，突然萌生出狩猎的念头。遂放马奔跑，逐鹿至龙岩山顶。山风吹拂起这个蒙古汉子的长袍，他极目远眺，但见林海茫茫，云霞万丈，雾岚轻起，江山如此多娇，他顿生一统蒙古的豪情壮志，于是对着山峦振臂大吼一声，莫尔道嘎！蒙语里，莫尔道嘎意为"骏马出征"。从此，莫尔道嘎就被传叫开来。

莫尔道嘎的街也小，走了不过十来分钟，就把主要街道全给走下来了。绿星广场上，立着不少雕塑。有滑冰的小孩。有小小的吹号手。最突出的，是一组伐木工人抬着原木，一个个都穿着厚棉衣，戴着厚棉帽，弯腰曲背，壮实憨厚，眉目清朗，很有北国味道。

村庄跟镇子相连着，跨过一条河去，也就是了。有地摊儿在路边摆着，卖些当地农产品。蔬菜有四季豆和番茄。也看到一加工店，卖粮油米面。店老板是个女人，笑微微站门前，正跟熟人打着招呼。我看着，觉得亲切，只当没有远行，就在自家门口遛着弯呢。当地人也都能说一口普通话，笑笑的，很和善。

出镇子去，沿着一条泥路往坡下走。望见有山横在前头，我很想爬到那山头上去看看。人家的房，顺坡而下，一直延伸到山脚下。都是桦木垒出的房，屋顶用桦树皮盖上，有大大的院落，木栅栏扎得很高。

路上寂静，没遇上什么人。我在一户人家的木栅栏边停下来，透过木栅栏的缝隙，看到有妇人在院子里忙活，头上扎着花头巾。院子里堆满木材，一垛一垛的。那情那景，让我疑心走进了《诗经》里：

绸缪束薪，三星在天。

今夕何夕，见此良人。

子兮子兮，如此良人何！

有解读说是新婚之夜，火炬高照，郎情妾意，良宵苦短。我却更愿意把它想成是时间无垠的荒野中，一个人和另一个人的初相遇。像我之遇莫尔道嘎。没别的可赠送，束薪相待，温暖可依。——这是瞎想了。

我就那么默默注视了妇人小半天，妇人也没有觉察到，她自忙着她的，手臂柔软，舞蹈一般的。院子里有格桑花，一簇一簇地开。还长了类似于卷心菜的菜蔬，绿绿的，肥肥的。

有花有菜，这才叫好日子呢。


到莫尔道嘎，森林公园是要去看一看的。"南有西双版纳，北有莫尔道嘎。"大家都这么说。

我颇有些犹豫，一路的森林早已看饱了，再看，也大抵都是些树，有什么看头呢！司机却怂恿我，你都到这地儿了，大老远来一趟不容易，不看一看，可惜了。

好，那就去看看吧。

130元一张门票。我背起包就往里冲，是打算边走边览的。司机开着车跟进来，急得直叫，你咋能走着呢？这么大的地方，你怎么走呢？

这才知，它比一般的公园大了去了，占地面积达57.8万公顷，是我国目前面积最大的森林公园。

车子拐进一条道，又一条道，路两旁，尽是林木。各种松树混长，诸如落叶松、马尾松和偃松，苍苍压翠翠。过龙岩山，我们直奔着"红豆坡"去。都说南国生红豆，北国也有的，且更甚，满山满坡都是。我跳进去，寻红豆，俯身半晌，觅得一把，高兴得很。旁有人在采摘一种植物枯了的叶，说叫杜香，回去放衣橱里，既熏香，又能熏虫子。怨不得在坡外我就闻见香。满山的杜香伴红豆，这山真是有福，相思都是香的。

我也采摘了一把杜香，放口袋里。后来丢了那把杜香，口袋竟还是香的。直到换下衣服，也还是香的。

山坡下，坐着一卖山货的妇人，提着小桶，一桶装红豆，一桶装炒好的松子。也不见几个游人，她独坐在一棵松树下，悠悠然的。说是卖山货，莫如说是看人来了。这里，一年里大部分时间，都与世隔绝着，难得见到外人呢。

和妇人唠嗑。她热情地抓一把松子给我，要我嗑嗑。我自己打的这山上的，自己炒的，香呢，她说。

谢了她的好意。真想陪她坐在那里，守它个青山永驻。


穿"偃松幽径"，走"鹿道"。

鹿道得名于一只狍鹿下山喝水，踩出一条小道来。

去鹿道不是为寻狍鹿，而是为看两棵樟子松。它们都三百多岁了，是樟子松里的老寿星。一棵坡上，一棵坡下，两两相望。坡下的那棵，枝上长有状如钱币的圆形松包，被当地人称作"摇钱树"。坡上的那棵，更富传奇色彩，它先是被雷劈而枯，后又因雷击而复生，且越长越茂，人称之为"大寿松"。当地山民常来祭拜，摸一摸摇钱树，拜一拜大寿树，说是会人财两旺。

我在坡上的树下逗留很久，惊叹于它的枯死又复活。谁知道生命里，到底还藏有多少奇迹呢。

到"一目九岭"。

我爬上山巅，放眼处，山连着山，岭挨着岭，重重叠叠，叠叠重重，哪里数得清到底是不是九岭。

阳光遍洒，雾岚轻起，那些山岭，浮在雾岚中，仿若仙岛。有人用"山幽雾粉""松黛桦橙"来形容这时节的一目九岭，真是很形象。

从山巅上下来，顺"猎人通道"进入山谷。木栈道上，除了我，再无旁人。连鸟声也不闻。触眼之处，是树，是树，还是树。一棵白桦，和一棵落叶松身子连在一起了，你中有我，我中有你，生死相随。像这样亲密无间的树，还有很多，有像母女的、有像父子的、有像祖孙的、有像兄弟姐妹的、有像朋友的。树的世界，亦如人的世界，左不过一个"情"字。有情有爱，这生命才算没有白过。

五

室韦在蒙语里意为"森林"之意，当地人称它吉拉林，北魏时始有记载。史上分分合合、合合分分，使得它的成分颇为复杂，鲜卑、契丹、突厥、蒙古，此消彼长，它成了一个多民族的混合体。

它的出名基于两个因素：一、它是蒙古人的祖先"蒙兀室韦"部落的发祥地。二、它是中国唯一的俄罗斯民族乡。

镇上充塞着马粪味。木刻楞东一幢西一幢的，都是新修建的。列巴房、饭店、旅馆林立。格桑花开在每幢房子前，傻乎乎的，无限天真地开着，捧着一张张粉艳艳的小脸蛋。

司机告诉我，室韦也就夏天热闹一阵子，那个时候，外地人全涌了来，巴掌大的小街上，全是车和人，脚都插不进去，菜价房价都高得离谱。可一过夏天，这里一下子冷清了，做生意的也都关了门，不在这里住了，全跑去额尔古纳和海拉尔了，这里也只剩下几十户的原住民。

我想象了一下它冷清的样子，是风吹着冰凌，整日里刺啦啦地响着的吧。

进一家饭店去午饭。店主忙得热火朝天，打着赤膊，肩上搭一条毛巾。据他讲，是满洲里人，来此做生意七八年了。饭店的墙上，挂着成吉思汗像，被油烟熏成古迹。

一个炒野生蘑菇，要88块钱。米饭也要8块钱一碗。跟他讲，好贵啊。他却无辜地睁大眼睛看着我，说，都是这个价的。

旁有一桌室韦女人在吃饭，一盘子炒肉丝，还有一盘子炒素菜。她们佩戴着夸张的首饰，大大咧咧。她们大碗喝酒，一碗又一碗，是自酿的女儿红。司机悄声跟我说，这是俄罗斯人的后裔，特能喝的，她们整天也没什么事做，就是喝喝酒。司机好像很熟悉她们似的。

我笑了。有酒相伴，安然无恙，这也是人生乐趣的一种吧。

饭后，我去镇旁看额尔古纳河。这条长达 667 公里的河流，是蒙古人的母亲河。河水清得发黑，有点像黑绸缎铺着，被风吹得翻卷起来，哗啦啦作响。有当地居民在河边撒网捕鱼。对岸，俄罗斯人的村庄，清晰可见，一律灰扑扑的房，有些冷清。

一入冬，这条河上的冰厚得能开卡车，司机说。他讲了一个关于室韦人的笑话给我听，某年冬天，一室韦人酒喝多了，在这冰上溜达，溜着溜着，头就晕了，竟溜到对岸俄罗斯人的村庄去了。在那儿，他满大街摸着自家的门，转悠了大半夜，也没摸着。直到他酒醒了，总算明白过来，原来，是跑错地儿了。于是，再折转身，从冰上溜回来。

特爱这个笑话，底调很暖。我想着它应该有后续——那醉酒之人，随意叩开了一家门扉，跌跌撞撞就往里钻。屋子里，这一家正围炉夜话呢，红泥小火炉，绿蚁新醅酒。灯光过处，这一团醉影，突然不期而至。喜的是这家人，上帝送来这样一个不速之客，犹如天降的礼物。来呀，来呀，快请进呀，尊贵的客人，我们一起喝一杯吧。

一醉方休，人类大同。

## 只为途中与你相见

一

睡了一个囫囵觉，天也就大亮。

车窗外的景致大同小异，满眼看过去，都是绿，葱绿、墨绿、深绿……不一而足。那是树的绿，田间植物的绿，生命欢腾的绿。人家的房，掩映在绿里面，有的是红砖红瓦，有的是粉墙黛瓦，像水彩画。

八月的大地是富足的。雨水和阳光一样丰盈，所有的生命，都一副水灵灵功德圆满的样子。

一过石家庄，我对面铺的男人就坐不住了。他是浙江人，做木材生意的，他丢下正做得红火的生意，特地带了念高中的儿子去西藏。

钱什么时候都可以赚，这个好男人说，要让孩子出来多走走。多走走，眼界才会开阔。

男人伏到窗口，不错眼地看着外面，不时大叫着他儿子，军军，你看，那外面！叫军军的小伙子却一直闷头在玩他的平板电脑，对外面的景致兴趣不大，男人叫一声，他就伸一下头，过后，又埋首到他的电脑上。

我合上在看的书。窗外掠过的景，跟内地有了分别。树都是笔直地朝上，每根枝条每片叶子都是。土是直立的，直立成小山丘，一座一座的小山丘。一些房舍，像棋子似的，散落在小山丘周围。

这么看着看着，也就到了兰州。天色渐晚，站台上卖吃食的小推车，呼啦啦簇拥过来。一种高粱面做的大饼很抢手，车上的旅客几乎人手一张。饼很糙，并不好吃，但没人介意。出来旅行图的就是个新鲜与热闹，每到一处，都恨不得能把那处打包好了，塞进行囊里带走。

火车上的晚餐陆陆续续登场，各种吃食的味道，在车厢内弥漫。卖盒饭的推车，在走廊上来回走。盒饭来啦！盒饭来啦！乘务员大声叫卖。一时间，如同集市，喧喧闹闹。

深夜十点过后，各种声音渐渐沉没，睡梦开始来敲门。模糊中听到有人问，还有多远到？听得答，现在已走一半路了。

哦，就快到了呀，是欢喜的一声呼。四周彻底安静下来，火车哐啷哐啷的声音格外分明，把黑暗的浪花溅得四处飞溢，如船划破波浪。

太阳很晚才出来。这个时候，火车已行驶在青藏高原上了。茫茫的戈壁滩，一望无际的茫茫，色彩单一，山都是光秃秃的，生灵不见一个，只有天空和大地两两相望。生命的渺小，在那一刻表现得尤为强烈。你还有什么可争的，还有什么要争的？你争不过天去，争不过地去，还是与自己和解吧。

盐像雪，一撮一撮的白，点缀着寂寥无垠的戈壁滩，像在上面绣了一朵一朵的小白花，使戈壁滩更显得空旷寂寥。突然有人惊呼，看，那儿有个人。众人都挤过去看。可不是么，的的确确是一个人！看不清他的面目，只见他的一只手，举着，那是标准的敬礼手势，他在向我们的列车敬礼。

众人挥舞着手兴奋地朝着他呼叫。那么远的距离，他是看不见也听不见的，他一动不动地举着手，塑像一样的。在他眼里，这列列车，就是一个活的生命。他在向生命致敬。他是养路工，是进藏的旅人，还是当地居民？不得而知。他成了我们进藏路上，一个不可磨灭的景，生命是如此渺小，又是如此庄严。

一过可可西里，大地上的色彩渐渐繁复起来，随处可见草地，绿地毯一样的，铺向远方去了。雪山卧在天边，一座一座，浑圆柔和，或是孤独如树。对，像树，在可可西里，就没见到一棵树，那些山，便充当了树。山的脊梁上，厚厚的积雪，在白日光下莹莹闪亮。草甸上，一眼一眼的小湖，或称之为小河、小潭，蓝莹莹的，或是清幽幽的，如草甸上的眼睛。蓝天掉在那些"眼睛"里了，白云掉在那些"眼睛"里了。

看见藏羚羊。车上人激动得齐齐欢呼起来，端起相机，对着窗外一通猛拍。然这样的激动只持续了一阵子，随后成群的藏羚羊，成群的牦牛，成群的雪山，成群的草地、湖泊，像变魔术似的，连绵不绝。大家由起初的惊呼，渐渐变得"司空见惯"了，不再大呼小叫，而是安静地看着，看累了，就闭上眼休息一会儿，睁开眼来再看。错过了几块草甸几只藏羚羊几座雪山，也不足为惜，西藏这块广袤的大地上，有的是，真正是奢侈铺张得不行。

白云在山间捅着挤着。白云在天上捅着挤着。你就没见过那么丰富的云。有的躲在山后，鱼一样游着，吐出一圈一圈的白泡泡；有的浮在半空中，羽毛一样的，仿佛风一吹它就飘走了；有的匍匐在山巅上，如一群散步的绵羊，嬉戏着；有的堆积在海蓝的天幕上，棉絮一样的……

太阳到晚上九点多才落山，而这时，月亮早已迫不及待从东边的山头升起来，大而浑圆。大地上出现了奇异的景象，一半橘红，一半素白，相互辉映。

## 二

凌晨一点半抵达拉萨，火车晚点六个多小时。

一脚高一脚低地随着人群走出车站，风，凉凉地拥抱了我。

我站定了看，车站广场上，灯光朦胧，人影绰绰。曾经无数次向往过的地方，真的见面了，我心平静，如同来见一个老朋友。我微笑着，在心里默默跟它打了声招呼，嗨，你好，西藏。

远远望见接站的导游小闫，高举着事先约定好的蓝色布袋，上书：圣地西藏。同行的人大喜，冲过去，找到组织了！

有人在越过唐古拉山时，就起了高原反应，头疼、呕吐。小闫问我，你没事吧？我晃晃头，嗯，清醒着。我甚至还抬脚跳了两跳，心想着，西藏不像传说中的那么可怕嘛。

抬头，劈面撞见一个大大的月亮，银盘子似的，悬在半空中，低矮得似乎伸手可摘。不远处，黛色与青色相互交融，拉萨的夜，静如神山，没有灯火辉煌，天和地都安睡在神的怀抱中。


早上八点多，拉萨才从梦中醒过来，晨曦渐渐弥漫，月亮却仍挂在天上。我的头开始山呼海啸，高原反应来得突兀而强烈，几乎起不了床。同行中有人带了头疼散，热心地拿来给我吃。吃一吃就好了，他们说。高原之上，能受到这份照拂，有亲人的感觉。

到拉萨，布达拉宫是一定要去的，这颗镶嵌在世界屋脊上的"明珠"，具有一千三百多年的历史，曾是西藏的政权中心，是世界上海拔最高最雄伟的宫殿。小闫昨天就预定了参观布达拉宫的门票。据讲，参观布达拉宫每天限人数一两千人，即便买到门票了，也要听候通知，什么时间段才能进去。运气好的话，可以当天完成参观。运气不好，则要等到第二天，甚至第三天。

我们运气不错，参观的时间被安排在当天上午十一点。时间充足，我得以打量这座离太阳最近的"日光城"。街道两边的房都不高，有着浓郁的民族色彩，经幡飘拂。店名叫得令人浮想联翩，什么玛吉阿米、仓央梅朵、青稞物语。也有现代元素夹杂其中，如时尚美容、特色酒店。远处近处，都是白花朵一样的阳光，硕大无朋地开着，整座拉萨城就这样被无数朵"白花"簇拥着，光华熠熠，仪态万方。手持转经筒的藏人，头顶着大太阳走着，目不斜视，口念六字真言：唵嘛呢叭咪吽。佛意扑面而来。

也终于抵达布达拉宫广场。安检严格，液体的东西一律不允许带进去，包括女人的化妆品，像口红之类的。小闫是这么解释的，布达拉宫大多是木石结构，最怕引起火灾。没有人提异议，大家都按规定行事，越发增添了布达拉宫的神秘感。

仰望红山上的布达拉宫，心被一种神圣感紧紧攥住，动弹不了。眼中的建筑气势恢宏、磅礴万千，红宫雄踞中间，左右两侧分列白宫和白色僧房，红白辉映，似雄鹰张开两翼，就要腾飞了。又安详得似佛在打坐。

小闫再三叮嘱我们，上去参观，一定要慢慢走啊，一步一步上去，不然会喘得受不了。

这其实不用他叮嘱，在海拔三千七百多米的地方，要想疾步快走，是不可能的。在这里，你再多的急躁，也得一一收敛，凡尘浮世暂且抛到一边。这里只有蓝天、白云，和锡箔似的阳光，以及洁白的安宁。风吹着经幡，永生永世的模样。人变得耳清目明、洁净出尘，脚步缓慢从容，慢慢地，靠近佛。

从山脚下的无字石碑起，我们在曲折蜿蜒的石铺斜坡路上，几乎一步一停留。外表看过去，高达115米的布达拉宫无非红，无非白，却层层更替，错落有致，如齿轮咬合，衔接得天衣无缝。红宫里陈列着佛堂和灵塔。人群穿过一座座佛堂，无声地向前移动着，讲解员的声音，在这边那边响起，他们在介绍一些壁画，传说和历史在这里相互交织，每一方空气，都是厚重的。我走马观花着那些精美的壁画，它们寸寸都是用真金白银绿松石红珊瑚等珠宝研出的粉末镶的，流光溢彩。达赖喇嘛们的灵塔，更是令人震撼，高达十来米的塔身全部以金皮包裹，各种价值连城的珠宝玉石镶嵌其上，金碧辉煌，光芒万丈。在这里，黄金是最不值钱的东西，不是以克、两来计算，而是论公斤论吨。

听小闫讲过一笑话，某天，一藏人意外获得一颗夜明珠，他欣喜若狂，手捧夜明珠，乐颠颠地直奔布达拉宫，求见佛祖，他要把夜明珠献给佛祖。当佛祖最终收下了夜明珠，藏人激动得热泪滚滚，天赐福祉，他感恩戴德地回家了。小闫说，藏人家里是不藏金银财宝的，他们认为那是佛的东西，应该由佛来掌管。

我听得感慨不已，对藏人来说，黄金珠宝，不过是赘物，当身无赘物，世俗的心，会变得空灵。再看街上行走的每个藏人，都能看出轻盈来。

我在红宫的平台上小憩，撞见一个大花园，里面开满肥硕的红花，大红、粉红、玫红、橘红、深红、桃红，不一而足，仿佛所有的红，都跑这儿扎堆了。我想起那首在民间流传盛广的诗来：

> 那一天，
> 我闭目在经殿的香雾中，
> 蓦然听见你诵经中的真言；
>
> 那一月，
> 我摇动所有的经筒，
> 不为超度，
> 只为触摸你的指尖；
>
> 那一年，
> 磕长头匍匐在山路，
> 不为觐见，
> 只为贴着你的温暖；
>
> 那一世，
> 转山转水转佛塔，
> 不为修来世，
> 只为途中与你相见

我如此的不远万里、跋山涉水，原也只为了这一刻，能坐在这样的红宫平台上，与它们相见啊。

下午，我们参观了大昭寺。大昭寺是拉萨旧城区的中心，当年，松赞干布迎娶文成公主之时，这里还是荒草沙滩，卧塘深深。后为建造大昭寺和小昭寺，松赞干布下令山羊背土填卧塘。大昭寺建好后，里面供奉了文成公主从大唐带来的释迦牟尼12岁的等身像，使之成为传教理佛之地。藏人有"先有大昭寺，后有拉萨城"之说，它在藏人心中的地位，至高无上。许多藏民叩长头，匍匐在山路，风餐露宿，不远千里，来到大昭寺，只为拜见心中的佛。据说不少信徒不幸在途中毙命，同行者会敲下他嘴里的牙齿，替他带到大昭寺，供奉在佛祖面前，也算他来朝拜过了，了他心愿。

这已远非用震惊能表达的了。我们绕着大昭寺外辐射出的街道八廓街，按顺时针方向转了一圈，嘴里念着唵嘛呢叭咪吽，也算礼拜了一回。六字真言是藏人的灵丹妙药，能消除万般苦千般难，我且拿它治我的高原反应。也是奇了，当我不断念着唵嘛呢叭咪吽时，头竟不那么疼了。

大昭寺人多。叩长头的藏民，重复着机械的动作，跪起，叩拜，再匍匐，汗珠子在他们额上滚着，他们却一脸平静，继续着他们的虔诚。外来客乍见那浩大神圣的场景，总会如禅定了一般，站着看，一时半会儿回不过神来。

也有藏民扶老携幼，提着水瓶，前来给长明灯添加酥油。

我见着一个小男孩，人小，够不着佛殿的酥油碗，他努力踮着脚尖，在母亲的协助下，终于成功添了几滴酥油，他脸上立即绽开幸福的笑容。信仰是道无法破解的符，它是从小就植根在人的心里的。

大昭寺里多壁画和佛像，和红宫一样，也是金碧辉煌。我被一尊女像怔住，那是一尊侧身像，面部表情饱满柔和，安详得像母亲。所有的佛，原都是母亲，心胸阔大，你好的情绪坏的情绪，她都能帮你一一收留。

参观完大昭寺，日头还高。看时间，下午五点了，在内地和沿海，这应是黄昏了，拉萨城却俨然还是大白天，太阳把一座城照得银光闪闪。街上的行人，步履缓缓，该去哪儿去哪儿。路边的小摊子，还在经营着它的小生意。

我和那人去吃晚饭，推开一家藏人开的自助火锅店的门，里面无人，店主好半天才从里间走出来，看到我们显然吃了一惊，这么早吃晚饭，藏人很不适应呢。茶水很快端上来，店主又退到里间，把店堂放心地交给我们。我们临窗而坐，喝水，吃黑猪肉，那人还要了一瓶啤酒。日头像小蜗牛似的，缓缓移过一座建筑，再一座建筑。一直到晚上八九点，它才移过火锅店门前的广告牌去。天，渐渐暗了，拉萨的夜晚，才真的来临。

三

林芝有西藏"香格里拉"之称，是西藏的"江南"。

清晨五点，我们全体集合，摸黑上路，从拉萨出发去往林芝。在车上，小闫一再打招呼，大家辛苦了！没办法，到林芝全程一千多里，盘山道不好开，在路上我们将要逗留十多个小时。我们难得来一趟，早点去，多看点美景，你们说是不？大家齐声附和，是啊是啊，为了让眼睛在天堂，就让身体在地狱吧。

我的高原反应一直很严重，折磨得我夜里根本无法入睡，深夜一点盘腿坐在床上，吃头疼散，吃红景天。这样硬撑着上路，只不想错过这"天堂"里的好山好水。

天亮得晚。当晨曦破开一线天的时候，所有的山峦，都渐渐苏醒过来，一副神清气爽的好模样。初升的太阳，拉出一丝一丝的金线，不停穿梭，很快，它给山峦织出了一件金光闪闪的袍子。当所有的山峦，都披上了这样的金袍子，整个天地，变得晶莹华彩，犹如传说中的天宫。

雾起。绵羊毛似的雾，在山间自由来去。山峰在大团大团的雾中忽隐忽现，偶露峥嵘，便是光芒璀璨，让人惊艳。那些雾是云的孩子吧？它们承袭着云的轻盈和飘逸，又比云更为灵动和神秘。

山亦是自由的。它们或卧着，或立着，或躺着，各有各的姿态。这是西藏最好的时节，满山的绿披挂着、铺排着，红花朵黄花朵间隔其中。

水更是自由的。尼羊河一直伴着我们的车行，一会儿急湍，一会儿缓慢悠闲。水清得发绿。有人家在水边住，红砖蓝瓦的别墅，或是青砖红瓦的别墅，门楣上绘着五颜六色的画。门前都有小花园，一蓬一蓬的花怒放着。我们心生羡慕，这是神仙住的地方啊。小闫介绍，这都是国家援建的，现在藏人的日子，过得相当优裕了。

牦牛，或是绵羊，也有马，都是幸福得不得了的样子，它们低头在山坳处吃草，神态安宁。水肥草美，这是它们理想的王国。

到米拉山口时，太阳已升得很高，山间的雾气仍很重。一车人下来，在米拉山口稍作停留。米拉山海拔高5020米，是拉萨和林芝的分界山口，它横亘于东西向的雅鲁藏布江谷地之中，是雅鲁藏布江东西两侧地貌、植被和气候的重要界山，是藏人心目中的神山。山口挂满经幡，红白蓝绿黄，在风中飘拂，神秘庄严。不远处的群山，太阳照着的地方，镂金镶银，光华灿烂。照不着的地方，则幽暗深邃、神秘莫测。

山口风大，冷得瘆人。赶紧拍几张照片走人。山山水水，根本用不着挑角度，每一处都美得让人心慌。

午饭是在林芝的行政中心八一镇吃的。这里原先不过几座寺庙、几十户人家，后来竖起房屋，拉起电网，铺起水泥路，慢慢发展壮大，跟内地城镇别无二样。要不是看到一些经幡，和不时走过的穿着藏族服饰的藏民，真疑心是到了内地某个城镇。

海拔已降至2900米，人舒适多了。小闫跟大家开玩笑说，这里才是真正的天堂，等到了晚上，大家好好泡个热水澡吧。

我们上车，赶去南伊沟。南伊沟是喜马拉雅山脉无数个美丽的沟谷之一，谷内住着神秘的珞巴族人，原始森林密布，美丽的南伊河由南向北，贯穿其中，流入雅鲁藏布江。它是西藏的小江南，风景堪比九寨沟。

我们在下午三点，抵达南伊沟。让我们惊讶的是，景区门口，除了我们这辆大巴外，别无其他车辆。

我们在一户人家屋前停下，等着武警上车检查。这里与印度毗邻，边关地区，把守严格。又因保护自然生态，限制游客人数，所以在这里，看不到内地景区人满为患的场面，听不到任何喧哗，也不见五花八门的小摊。

静，真静。时光慢慢悠悠，我们得以细细打量眼前的这户人家。二层楼房，开着一爿小商店，门口拴着一条大黑狗，狗很安静地伏在地上，看着我们这辆车，目光温和。两个小孩在门口玩耍。店门口坐着两个穿少数民族服饰的妇人，她们不看路人，一个在给另一个梳理头发。一当地人来，拿起摆在货架上的灵芝，敲了敲，嗅了嗅，放下钱，拿东西走人。一青年人过来，拿几只水果，看上去像李子，他兀自放电子秤上称一下，丢下钱，拿起水果就啃。两个妇人始终没有抬头，任他们自由来去。——看得我莫名感动，这种坦诚与信任，像遍地的阳光。

坐上景区内的电瓶车，去南伊沟的深深处。小闫一再关照，不要戴帽子，谷里风大，会吹跑的。穿暖点，要带上伞，一谷有四季，说不定会碰上雨。我们一一照办，做足准备，只为一睹她的芳颜。

一路上山好水好，草木森森。多野花，黄的、红的、紫

的，一枝一枝，一簇一簇，站在草地里，站在半山腰，站在南伊河畔。南伊河一路向前，奔着、涌着、欢呼着，砸出一大朵一大朵洁白的浪花。

认识了一种叫高原明珠的植物，开白花结红果的。听跟随我们的藏族姑娘达娃卓玛说，这种红果子能吃。她摘一串，请我们每人尝几粒。真能吃么？有人疑惑。小姑娘骄傲地说，当然能，我们这里的果子，大多数能吃，很甜的。我们吃几粒，果真甜。

认识了珍珠花。形似珍珠，一开一大团。还有一种紫色的花，叫的名特有趣，叫跳走松鼠。达娃卓玛采一朵放手上，看，它会跳，她示范着。众人频频称奇。我们还特地停下来观看一棵冷松，它的上面结满大如苹果的紫色的果。——好山好水润着，这里的植物都成精了。

珞巴族人的村庄，掩映在一些绿树后。这个中国人口最少的民族，有太多的图腾崇拜，刀耕火种的生活习惯，一直保留至今。我们进谷前，小闫再三交代过，不要随便靠近珞巴族人的村子，不要打扰他们。我们远远站着看，看山看水般的。他们与自然融合在一起，我们能做的，只有敬重。

沟谷的深深处，是树，是树，还是树。树上垂挂着松萝，灰绿色，密密的，柔软细长。松萝是一种有洁癖的植物，空气中有一点点污染它都不能存活，所以被人称为最好的环境检测器。沟内松萝遍布，这里的生态环境，无疑是最洁净最原始的。

我们踏上穿过原始森林的木栈道，吸进去的空气，都是树木花草的味道。人走在林中，被染成一个个绿人了。眼睛所见的，是树，是树，还是树。随便一棵，都是上了年纪的。有的树老了，自己倒下去，也没人捡了当柴火，一任它倒下，和着泥土一起风化。——在这里，做一棵树是幸福的，生老病死，一切顺其自然。

草甸，一处，一处，又一处。绿缎子一样的草，铺向山上去。花朵点缀其间，五彩缤纷。我们在草甸间流连，草和花，天空和大地，每一处都美得让人惊惶失措。几匹马在不远处安静地吃着草，它们背上的绣花垫子，在金色阳光的照耀下，格外炫目。我真很想做一匹草甸上的马，享尽无限自然，最后终老在这里。

四

去雅鲁藏布江大峡谷。

仍是赶早去，我们一路上把星星望没了，把太阳望出来。

小闫是个相当有经验的导游，他带过的团不下几百个，他说，去晚了会排在后面，也许当天都游玩不成，我们早点去，可以多玩会儿。

西藏的每处景点，几乎都限制游览人数。大家表示可以理解，没人叫屈。

途中遇到早起的藏族女人，赶着一群牦牛和羊，牦牛的角上，都系着红花朵，在清晨的薄雾中，看过去，煞是好看。小闫说，这户藏民家可有钱喽，一头牦牛少说也值八九千。我们羡慕地啊一声，看赶牛的女人，却一脸淡然。牛旁边走着她的小孩，黑红的小脸，背着书包去上学。

我们的车，停下来让牦牛和羊走。牛不看我们，羊不看我们，女人不看我们，小孩也不看我们，他们自走他们的。我们微笑着看，为这份遇见欢喜着，又伤感着，今生今世，这是唯一的相遇，再也不会相见。

抬眼望去，牛和羊，在半山腰吃草。它们的周围，除了青青的草，还是青青的草，头顶上是蓝得欲滴的天。它们在那里，高兴吃哪棵草就吃哪棵草，高兴跑到哪座山头去，就跑到哪座山头去。在这里，做一只羊或一头牛，也是幸福的。

上午九点左右，我们到达雅鲁藏布江大峡谷。雅鲁藏布江，藏语里的意思是，从最高顶峰上流下来的水。它位于东喜马拉雅山脉尾，由东向西突然南折，江水绕行南迦巴瓦峰，峰回路转，作巨大马蹄形转弯，形成了一个巨大的峡谷。它是世界上最长的也是最深的峡谷，谷内冰川、绝壁、陡坡与泥石交错在一起，环境恶劣，最核心河段，长约近百公里，峡谷纵深，激流咆哮，至今仍无人涉足，被称为"地球上最后的秘境"。

游客进入峡谷内有水路和陆路两种，我们选择了陆路，相对来说活动自由些。在景区内，随便乘上一辆中巴，一路向着谷底去，全程约四十公里。

一路上看山看水看树看深谷，因地形奇特，带给人强烈的视觉冲击。车子一会儿上去，一会儿下来，有时一个大拐弯，眼看着车子就要撞上山了，我们惊出一身冷汗，司机却若无其事，他嘴里叫，抓稳啦！又是一个急转弯，车子已拐过一个山角去，下面就是悬崖峭壁。我闭起眼睛念唵嘛呢叭咪吽。这是小闫教我们的方法，他说，紧张时你就念念，念念心就平稳了。怨不得藏人看上去，一个个都是从容淡定的。

我们从谷顶下到谷底，囫囵吞枣地咽下一些景色，如原是工布首领的庄园城堡，后在波密的战乱中被毁的大渡卡，这也是雅鲁藏布江大峡谷的起点。站上面望下面的江，两岸青山相对出，一江弯曲奔腾呼啸，永无止息的样子。农庄点缀在峡谷平稳处，绿瓦盖顶或是红瓦盖顶的房，很鲜艳。周围的麦子熟了，麦浪翻滚，间或一团一团的黄菜花，应景儿似的，冒出来，一派江南的春深景象。

我们在一棵大桑树下留了影。这棵大桑树，据说是松赞干布和文成公主当年亲手栽下的，象征爱情不老。一些黑山猪，不知打哪儿冒出来，在我们脚边绕着，像在问好。我也冲它们说，你们好啊。

我们积蓄着向往，奔着南迦巴瓦峰去。南迦巴瓦峰海拔高7782米，巨大的三角形峰体终年积雪，云雾缭绕，从不肯轻易露出真面目，有"羞女峰"之称。在藏语里，南迦巴瓦峰有多种解释，一说是雷电如火燃烧。一说是直刺天空的长矛。我最喜欢的说法是，天上掉下来的石头。它是当之无愧的神山。

小闫说，他带团来过百十次，却只有幸看到过两次它的真面目。看南迦巴瓦峰，得讲缘分。我们运气好得真能去买彩票了，一路行来，一直是天空晴朗。有人高叫，快看，那里！我们仰头去寻，远远的，云雾缭绕中，现出了白雪皑皑的峰顶。它的周围，白得如絮的云雾，翻涌着，多像是身穿羽衣的神女，在云雾的簇拥下，明眸皓齿，熠熠夺目。

一时间，人怔在那里，就那样傻傻望着。恍惚间，不知身在何处。


五

初在旅游简册上看到"秀巴古堡"这几个字，我就犯了痴。按我一贯的浪漫想法，这一处定是古意森森、风景秀美，说不定还能逢上几个世纪之前的王子和公主。

事实上，藏语里的秀巴，是剥皮的意思，一点也不诗意和温暖。

相传，很久以前这里有两座寺庙，一座为藏传佛教的黄教

　寺庙，一座为林芝原生苯教寺庙。后来，两派发生了纷争，最后苯教取胜，软禁了黄教住持，并将他活活剥了皮。该地因此得名秀巴。

　秀巴古堡位于西藏工布江达县巴河镇的秀巴村，占地十余公顷，迄今已有一千六百多年历史。原有古堡七座，按北斗七星位置排列，因长期的风侵雨蚀，倒塌掉两座，现存五座。我们到达时，黄昏了，风起，有点冷，四周寂静，不见多余一人。古堡如烟囱似的，安静在金色的黄昏下，默对苍穹，沧桑森严。远处，雪山依旧巍峨。近处，美丽的尼羊河绕过它的脚下，不息地流着。前世今生，在这里汇聚成永恒。

　仰望古堡，虽历经风吹雨打，处处破败不堪，但仍能看出它当年的气势磅礴、雄姿英发。古堡的外观呈十二面十二棱柱状体，九层，全由片石和木板砌成。无顶，中空，侧壁有瞭望孔，战时用来弓箭射杀敌人和瞭望敌情。这既吻合了内地建筑的"天圆地方"之说，又保留了典型的西藏传统建筑风格，其精湛的建筑工艺，令今人叹为观止。

　关于这座古堡群修建的年代及用途，却众说纷纭，使这座古建筑群，蒙上了一层神秘面纱，成了一个千年之谜。不过，在当地人的心目中，是没有纷争的，他们会肯定地告诉你，这是格萨尔王降魔伏妖的第一战场啊。他们把秀巴古堡，也叫作格萨尔古堡。

　传说格外动人。当年，危害一方的妖魔钦巴哪波，居住在城堡内，它占据有利地形，居高临下，格萨尔王的部队攻打了三年，也没能攻下它。后格萨尔王在梦中得到神佛的指点，说妖魔在黎明时分功力最弱，此时用弓箭射杀，必能成功。格萨尔王得此指点，连忙组织精锐神箭手，于夜色中登上对面的山顶。破晓时分，格萨尔王一声令下，一支支利箭射向了古堡，妖魔猝不及防，束手就擒。至今在秀巴村的山上，还留有当年的箭痕呢。

我坐在一块石头上冥想，当年的格萨尔王，是何等英武，一旁的马兰花开得轻舞飞扬。藏民们拜灵留下的玛尼堆，一个比一个高，它们静穆在黄昏下。我仿佛听见一支支利箭的呼啸声，猎猎响风中，战马嘶奔。古今多少事，都付笑谈中。

一藏族老人走过来，靛蓝的衣裙，靛蓝的头巾。我站起来笑着跟她打招呼。她的面部表情看不真切，脸上的皱纹，堆积在一起，像玛尼堆。我问她古堡的事，她咕噜咕噜说了一大通。她听不懂我的话，我也听不懂她的话，但不妨碍我们两个愉快地交流。

我们就那样"聊"着天，她说她的，我说我的。太阳渐渐斜了，我要走了。我跟老人告别，挥手的姿势她看懂了，她也举起手，向我挥着，嘴里还在咕噜咕噜地说着话。

我走了很远，回头望，老人还站在那里，望着我们。飘起的头巾，像一叶经幡。她的身后，千年的秀巴古堡，静静伫立着，耸入云天。


六

从拉萨去往日喀则，是往后藏而去，沿途的色彩，比起前藏来说，稍稍逊色了些。然处在八月好时节，也是黄是黄、绿是绿的。山大抵都是光秃秃的，寸草不生，山脚下却黄绿铺陈。绿的是青稞，刚刚抽穗。黄的是油菜花，刚刚怒放。没有整齐划一的，都是顺势而长，反倒有种自由散漫的美，看得人心猿意马。

沿途要翻越海拔5030米的甘巴拉山口。不知是不是心理作用，一听到高海拔，我的头又开始山呼海啸起来，得用手指头紧紧按住两边的太阳穴，眼睛却不肯闭上，窗外的景，我不想错过一点点。

山脚下走着藏家女人，牵着小孩。她走过一片菜花地，背上的背篓里，塞满青色的草，她走，草也走，一颠一颠的。她是要回家去喂养牛羊吗？我的思绪跟了她好远。哪里的俗世都是一样的，活着，烟火着。

经过无数的急转弯，我们的车，沿山梁盘旋，一路有惊无险。从甘巴拉山口下来，远远就望见了一枚蓝，像块蓝宝石似的，镶嵌在喜马拉雅群山之中。又似一根蓝色绸带，系在山腰间。小闫宣布，羊卓雍错到了。

羊卓雍错，在藏语里是"碧玉湖""天鹅池"的意思。它是西藏的三大圣湖之一，是喜马拉雅山北麓最大的内陆湖。因汊口较多，像珊瑚枝一样，藏人又称它为"上面的珊瑚湖"。

一车人激动起来，啊啊啊大叫，手舞足蹈，恨不得立即跳下车去。司机见多这样的场景，他笑了，慢条斯理说，别急，车可以停到湖边去的。

真的靠近了。眼睛和心，立即被蓝填满。那是怎样的一汪一汪蓝啊，比天空的蓝更深邃，比大海的蓝更醇厚，蓝得一心一意，蓝得彻彻底底。仿佛蓝缎子似的，在阳光下抖开，风华绝代。又如凝脂，蓝的凝脂，细腻圆润。我的耳边响起当地民歌：

　　天上的仙境，人间的羊卓。天上的繁星，湖畔的
牛羊。

　　湖这面有高高的草甸，碧绿的草，密密匝匝。湖对面有像版画似的山，山脚下绕着绿的青稞黄的菜花。天空蔚蓝，白云几朵，与蓝的湖相互辉映，摄人魂魄。我的高原反应激烈，呼吸渐感困难，但我还是坚持下了车，手脚并用爬上湖边的草甸。

　　草甸上，一群忘乎所以的游客，在清冷的风中载歌载舞。然歌声也只响亮了一会儿，便停息下来，高原氧气不足，实在不宜大声。那么，就静静的吧，我坐在草甸上，面对着温润如玉的湖，有一刻，我不能相信自己，真的就来到了这个地方。是我吗？是我吗？我这么问自己。浩渺的宇宙中，我也是一个存在，如这片海拔高4444米的湖。我为这个存在，感动得双眼蓄满泪。

　　我的身旁，出现了两个十八九岁的男孩，他们戴着头盔，腿上绑着护膝，脸庞黝黑，风尘仆仆。他们先是怔怔地望着这片湖，而后，双膝突然跪下，对着这片湖，哭了。

　　我从交谈中得知，这两个孩子是武汉某大学一年级学生，对西藏一直很神往。暑假前，同宿舍五六个人一合计，决定骑车进藏。途中，有四个同学先后撤退，剩下他们两个。为了省

钱，他们没住过一天旅舍，没进过一次饭店，困了，就睡在随身带的睡袋里，饿了，就吃一些饼干或是方便面。也曾想过放弃，但却心有不甘，神圣的土地就在前方，他们一定要踏上它，也算完成人生的一次挑战。最后，在历经一个月零六天之后，他们终于到达拉萨、到达这里。

我祝福了他们。我想，他们吃得了这样的苦，将来的人生，还有什么坎不能迈过去呢？

风凉，湖边不能久待，短暂的会晤，我们不得不离开。我们各自上路，萍水相逢，却有了共同的思念，这片湖，这片蓝，将几回回梦里相见？

同行中有人叹，真想在这湖边搭一间小木屋，日日与这美丽的湖相伴。立即有人接话了，这么高的海拔，你待一会儿可以，待上十天八天的，怕是小命早没了。我在一旁听得高兴，这真是好，它美得高不可攀，这才保持了它的本真。如佛祖流下的一滴泪，永远纯洁晶莹在那里。

## 七

告别羊卓雍错，我们越过海拔4330米的斯米拉山口，到达海拔5400米的卡若拉冰川的冰舌下。

自打踏上西藏这片土地，沿途已仰望过不少冰川。然那都是远远地观，是天上与人间的距离。卡若拉冰川却放低身姿，匍匐到人间来了。

景点处立了两块大石头，上面用红漆写着一些字，什么乃钦康桑峰，是介绍这座冰川的。不少游客拥过去拍照，有藏人在一边收钱，拍一次10元。我没有去跟风，拍一个石头加几个红漆字，实在没意思。

我的高原反应一直没好，刚吃过头痛片，头仍痛得曛曛的。还好眼睛没问题，我可以尽情地看，远远、近近，一无遗漏。蓝天上，飘着雪云几朵。我以为那是雪云，与卡若拉冰川的颜色一模一样，是孪生姐妹。

在西藏，随处可见经幡，它几乎成了西藏的背景。这里亦是经幡飘拂，盛大庄严。许是近距离，冰川失了神秘，变得亲和，你除了可以上上下下打量它，甚至可以走近它，伸手摸摸它凉凉的山体。

整座冰川截然分成上下两部分，上部分积雪皑皑，光华熠熠，气象壮观。下部分却裸露出黑色的山体，沧桑无言。有积雪化成水流，从山体的一道道沟痕中，缓缓流下，像眼泪。冰川在哭泣。

曾经却不是这样的，曾经它无比丰盈，冰舌一直延伸到公路边，晶莹闪亮。电影《红河谷》《江孜之战》《云水谣》都曾以这里作为外景地，使这里名声大噪的同时，也给这里带来了一定的破坏。加上全球气候变暖，它越来越清瘦了。

小闫忧伤地说，每回带团来，都发现冰川又小了一圈。

我们听得默然无语。我们的到来，是不是也在它的伤痕上，又划了一道？这么一想，我很内疚。

# 八

从卡若拉冰川过来，沿途的景色，一扫原先的单调，变得很丰富很田园。峡谷两旁，成片的青稞和油菜花，秀气繁茂。树木也多起来，碧绿葱郁。藏人的房子，在油菜花的尽头，在山坡上。小闫说，我们进入江孜了。

日喀则素有"西藏粮仓"之称，说的是它的富饶。而从属于日喀则的江孜，可以说是粮仓中的粮仓。江孜，藏语的意思是"胜利顶峰，法王府顶"。说"胜利顶峰"不难理解，因为江孜也是一座英雄之城，1904 年，江孜军民在这里搭建炮台，反抗外敌入侵，浴血奋战，谱写了一曲爱国主义赞歌。至今，在江孜的宗山堡上，仍保留有当年抗英的炮台。

"法王府顶"我理解为江孜佛教盛行，它有享誉一方的白居寺，是藏传佛教的萨迦派、噶当派、格鲁派三大教派共存的一座寺庙。

我们没去白居寺，而去了帕拉庄园。这本是行程中没有的一项，是小闫临时帮我们增加的，他说，路过江孜，不去看看帕拉庄园，是令人遗憾的。我的脑中立即现出欧洲庄园的样子，小木屋建在树林旁，篱笆墙的四周，开满玫瑰花。若是俄罗斯的庄园，则养满奶牛和马，健美的主妇，提着奶桶，走在碎石铺成的小径上，头发上跳动着阳光碎碎的影，金黄的。

我很想做个庄园主了。

然位于江孜帕班久伦布村的帕拉庄园，却完全不是这样的，我第一眼看到它时，实在吃惊了，这就是传说中显赫一世的贵族庄园？没有玫瑰花，没有奶牛和马，自然也没有健美的主妇。它只是一堆建筑，看上去陈旧不堪，色彩以白为主，墙是白的，廊檐下挂白横帘。主建筑不过三层，内辟一小间一小间。

帕拉家族是一个有四百多年历史的古老家族，几经演变，发展成拥有庄园、土地、牧场、农奴无数的奴隶主贵族。家族中，先后有五人担任过西藏地方政府的噶伦，总管西藏行政事务，在政教合一的旧西藏，帕拉家族有着很大影响。

帕拉庄园现存房屋57间。我们进入院内，沿着陡且窄的木楼梯上去参观，一层有马厩、车棚等。二层有酿酒作坊、织毯作坊、厨房、管家卧房、刑具室等。刑具室墙上挂满各种刑具，剜目、割耳、断手、剁脚、抽筋、投水等，手段残忍，无所不及，是奴隶主用来镇压奴隶的。上到三层，有经堂、会客厅、卧室、玩麻将的专用厅等，那是庄园主及其家人的主要活动区。每一间都很袖珍，却都装潢考究、雕梁画栋。

在一间庄园主的衣帽饰物等的陈列室里，我们见到了价值连城的裘袄，及一些珍珠宝物，现在还很时尚的奢侈品劳力士、欧米伽手表，那时他已拥有。我在一管乳白色的笛子前停住步，听介绍说，这是一个少女的腿骨做的，它泛着清幽幽的光，让人不寒而栗。天真的少女，她的生命，戛然而止在这款笛子上。

还有用高僧的头盖骨做的碗，是贵族祭祀时用的。——贵族的骄奢，可见一斑。

出了庄园主的院子，对面是狭小灰白的奴隶院，落差的巨大，让人怔在白花花的阳光下。那些土墙垒成的小屋，像极狗窝，我这么个个头娇小的人进去，也得弯了腰。里面一览无余，简单的灶具，还有一床破棉絮之类的东西，胡乱堆放在地上。地上，坑坑洼洼，灰土厚积。小闫说，当年，用一头牛可以换到好几个奴隶的。奴隶的命，贱如草芥。

1959 年，最后一个庄园主帕拉旺久参与叛乱，随达赖外逃，据说晚景凄凉。偌大一个家族，作鸟兽散。曾经的显赫，最终，化为尘土。而被他们压迫过的奴隶和农奴，翻身做了主人，拥有了自己的牧场和牛羊。

佛教里讲因果报应，谁说这不是呢！


## 九

普天下的寺庙，我以为，都大同小异，看上去都是屋宇高大、佛像威仪、梵音袅袅、香雾缭绕。

扎什伦布寺带给我的第一感觉，却是震撼，这座建筑委实太漂亮太恢宏了。站在尼玛山东面的山坡下，仰首一望，只见它楼阁巍峨，参差而上，金色的屋顶，高于天齐。

它是日喀则地区最大的寺庙，始建于 1447 年，为四世之后历代班禅驻锡之地，建有四大扎仓、措钦大殿、班禅拉章、强巴大佛殿、班禅灵塔祀殿等。小闫说，这里面住着僧侣六百多人。

从各处涌来的信男信女无数，风尘仆仆，却都笑微微的，一脸幸福得不得了的样。有手提酥油桶，来给长明灯添酥油的；有背了佛像，不远百里千里，来请活佛开光的；有来转寺许愿的，每转一圈，就放下一颗石头。玛尼堆就是这样垒起的。游人和信徒混在一起，迤逦而行。但还是一眼就能分辨出，哪是游人，哪是信徒。那种从心底里漫溢出的虔诚，我们这些他乡来客，一时半会儿是学不来的。

我随众人上坡，入殿，这个殿连着那个殿，转得我头晕。天日不见了，眼里只有酥油灯、班禅的灵塔、佛像和唐卡，都是镶金嵌银的。连脚下踩的，也是绿松石，我们是在金银财宝堆里打着滚啊。

跟着人群走，听着寺内导游介绍，这个班禅那个班禅的，大抵一知半解着，一会儿也就忘了——我到底不是信徒。突然从人群中听到家乡口音，回头去寻，看见两个男人，正仰头望着巨大的强巴佛像，一个问，刚刚导游说的，镶他的两眉用了多少颗钻石珍珠的？另一个答，一千四百多颗吧。先前问的那个"扑哧"笑了，说，真够奢侈的。

他们的对话，逗乐了我，我不看佛像，看他们。他们发现了，冲我笑一笑，转身去往另一个殿。我也跟着去，在他们后面跟很久，到底忍不住了，用家乡话问，你们是跟团来的吗？

两个人一听到我的家乡话，立马惊喜道，你是哪里的？

我们站在佛殿外聊天，艳艳的大丽花开在脚边。太阳已移到寺院的西边去了，照得那一边的佛堂经殿，如炫丽的唐卡似的。离开家乡上万里，我们居然在海拔三千八百多米的佛的脚下相遇，这是佛缘吧？我为这样的相遇，欢喜不已。

他们两个，是援藏的建筑工人，来这好几年了，一直想来扎什伦布寺看看。太宏伟了！这是他们两个对扎什伦布寺的评价。他们还要赶紧去转几个殿，一会儿得赶回去。我笑着跟他们挥手告别。这偶然的一面之交，我想，我们都能记住一辈子，时不时会想起，在心里暖着。

我独自去走幽径道，这才发现，扎什伦布寺的小径实在多，都是青石铺就。若是下雨，青石湿润，两边建筑沧桑陈旧，颇有点江南古巷的味道了。我看到两个喇嘛走过来，一老一少，他们一身的喇嘛红，映衬得两边的山墙和房屋，佛意森森。小的搀扶着老的，蹒跚地上坡，转过一个拐角去。我一直目送着他们远去，心里不知为什么，蓄满感动。向佛的路上，也布满风雨，但有这样的搀扶，再多的坑坑洼洼，也会安然走过。

去走转寺路。路旁，全是转经筒。游人和信徒们一起，去一一拨动。我看到一个藏族老人，每转一圈，就放下一颗石子。不知道他在那里已转了几圈，他把自己转得像转经筒了。

我也去拨了拨转经筒，不为祈祷，不为超度，只为告诉它，我来过。

一只大黄猫，蹲在露台上，默默看着众人。有人去逗它，它不动。有人给它拍照，它仍不动。一脸的超脱安然。日日听禅，这猫，怕也禅定了。

十

日喀则，藏语的意思是，水土肥美的庄园。当我双脚踩上它的土地，首先被湖光山色摄了魂，然后是成片的油菜花、成片的青稞地。它的确算得上是西藏的一方宝地，在佛光普照下，一切和睦安详。

市区平均海拔3836米，城不大，袖珍着。年代却久远得很，距今已有六百多年历史，是后藏的政治、宗教等文化中心，是历代班禅的驻锡之地。

房多数不高，两三层的藏式民居，家家都挂经幡。门楣上，饰有各种图案，以动物为主。街道大多数是外省市援建的，以各省市的地名来命名。由东向西的青岛路，把日喀则城分为新旧两个城区。旧城的中心在宗山一带，向西延伸至扎什伦布寺。出名的民族手工艺品一条街就在旧城区。

我很想去民族手工艺品一条街看看，淘几款手镯，或是玉器，或是氆氇，然天色已晚，我们只能在入住的宾馆附近转转。

街上人很少，偶尔路过一两个，都是步履悠闲的。街道两边也植有树木，夜色里辨不清到底是何种树木，密密的一蓬，想着会不会是樟木或胡杨。遇到两头牛，被拴在路边的树干上。牛看见人不吭声，只那么看着，镇定得很。倒是我不镇定了，兜了一个大圈子，绕过它们去，怕它们冷不丁踢我一脚。

有人站在店门口看着我笑，大概是看到我让牛的那一幕。店门小，灯光晕黄，里面散乱地陈列着一些物品。

我们去买换洗的袜子。找到一家小店，年轻的女人在门口哄孩子，七八月大的婴儿抱在她怀中，她咿呀着，孩子跟着咿呀着，孩子在学说话呢。哪里的母亲都是这样的模样，温柔、极尽耐心。年轻的男人在整理货架，看到我们进去，他抬头看一眼，笑笑，复又低头，任由我们随便看。我们问，有袜子卖吗？男人和女人同时答，有。

我们浏览他们的货架，吃的用的，都是日常见的，跟任何一家寻常小店一样，没有什么特别的。只在出门时，望见他们的店门口，也挂着一叶经幡，这才让我有了异样的感觉，我是在西藏，我是在日喀则呢。

我们从原路返回。途中邂逅一串嘹亮的歌声，我着着实实吓了一跳，当即被施了魔咒似的，立在当街。那是女声合唱，高亢、清亮、质地铿锵，仿若金属，闪闪发光。我以为，歌声亦是有颜色的。

歌声是从一家店内传出来的。那应是一家手艺品店，门口有男人正就着昏黄的灯光，在锤打着什么。屋内聚着几个女人，她们是母女、是婆媳、是姐妹，还是闺蜜？不得而知。她们聚在那里，一天的工作完了，她们用歌声来放松、来欢娱。她们唱一会儿，停下来，笑说着什么，笑声和歌声一样高亢、清亮。不一会儿，她们又一齐唱起来，歌声古老、质朴、悠扬，充满神秘，如这座轮转了六百多年的古城。

门口的男人，对于屋内女人们的歌声大概早已习以为常，他在女人们的歌声中，不紧不慢地继续着他的锤打，头都没有抬一下。在他，这样的歌声，是打小就熟悉的吧？是融入生命里的家常。所以，他安享着一切，泰然自若。

我久久怔在那里，聆听，心里有点替女人们惋惜，这样美妙的歌声，却少有听众，有天物被暴殄的感觉。转而又想，若是有了更多的听众，这歌声怕是要失了本真，而变得俗气不堪。

幸好，没有人来打搅。她们就像羊卓雍错，就像年楚河，就像喜马拉雅山，是属于这片高原的，世世代代，活着她们的本真。


## 十一

雷声响在窗外，轰隆隆从远处滚来，又滚走。这是拉萨的夜晚。

雨总是突如其来。

却不用担心白天的阳光，白天的阳光，会如约而至。

我感冒了。在高原上感冒绝不是闹着玩的，很容易引起肺气肿什么的。我身上加盖了几床被，在雷声中，出了一身的汗。

早起的天，湿漉漉的，不见一丝星光。天仿佛跑到地上来了，与大地浑然一体。我们摸黑上路，赶去纳木错。我感冒的症状没好，整个人头重脚轻的，在车上担着心，我能坚持到纳木错吗？若是我真的倒下，从此与这片高原融在一起，也算不上坏事儿。

天渐渐放亮，沿途是成片的草甸，牦牛和羊，散落其中，远望去，像黑的花朵白的花朵，天空蔚蓝。

小闫说，纳木错海拔高4718米，气温较低，大家要备好氧气和防寒的棉衣。

众人惊讶地"啊"一声，有种季节反串的感觉。但随即都纷纷跳下车，去租棉衣和购买氧气。棉衣租一件50元，氧气一小瓶60元，比在拉萨贵多了，但没人在乎这个钱，都豁出去了。

途中要翻越主峰高7111米的念青唐古拉山，这是一座将西藏分成藏北、藏南、藏东南三大区域的雪山。山口设有观景台，海拔高5231米。我穿着棉袄，在那人的搀扶下，下车，走上山口。壮观的经幡阵，迎接了我们。五色的经幡，在风中呼呼啦啦、浩浩荡荡，海洋一般，这是当地藏人为祭祀念青唐古拉山山神而设的。

风大得恨不得把人吹上天去。我站在山口，喘得不行，但还是坚持张开双臂，拥抱了美丽的雪山，拥抱了咆哮的风。你好，西藏。你好，念青唐古拉山。我这么默念着，想它是听见了。


回到车上，我就昏昏沉沉倒下。这次怕是要把小命丢在这里了，我喃喃说。那人惊悚，不一会儿就摸一下我的头，担心我会晕过去。

这么挨着，不指望自己能下车亲近纳木错，只想着，能在车内遥遥一望，我也就心满意足了。当小闫突然说，朋友们，看，纳木错到了！我一个激灵，从昏睡中醒过来，所有的不适，都丢到一边去了，我的眼里心里，只有纳木错。

那是怎样的一片湖光山色啊，梦幻般开着奇异的花朵，湖做了蓝的花蕊，雪山做了洁白的花瓣，它是一朵仙葩。

纳木错，藏语里是"天湖"的意思，恰如蓝天铺在高空中。它的东西长七十多公里，南北宽三十多公里，是世界上海拔最高的咸水湖。关于它的传说，流传颇广的是，纳木错是帝释天的女儿，是念青唐古拉的妻子。信徒们则尊其为四大威猛湖之一，传为密宗本尊胜乐金刚的道场，是藏传佛教的著名圣地。

一车一车的游人，下了草甸，扑向湖去。点缀得偌大的湖滨，更是空旷。经幡，玛尼堆，还有牵着牦牛、在兜着生意的藏民。人缝里穿梭着当地小孩，伸手向游人讨要钱物。有人给，有人不给。圣地也沾染上人间烟火了。

太阳当头照，根本不像传说中的那么冷。我脱了棉袄，神奇般地能在草甸上奔跑了。蓝的天，蓝的湖，与素白的雪山辉映。远望去，连绵的高原丘陵，碧绿的草原，绕湖而生。天湖真像一面魔镜，在云彩的辉映下，变幻出不同的蓝来，一会儿浅淡，一会儿深沉。小闫说，这面湖很神奇的，天空是蓝的，它便是蓝的。天空是灰的，它便是灰的。

原来，它是看着天空的心情行事的，它是天空的孩子啊！

湖边的玛尼堆很多，有的堆得极高。这是转湖的藏民留下的。从古至今，来这里朝圣转湖的，就一直没有间断过。西藏的湖和人一样，都各有生肖，纳木错属羊。于是每逢羊年，各地的僧人和信徒，都会不远千里万里，长途跋涉而来转湖。传说在羊年转湖念经一次，胜过平时朝礼转湖念经十万次，其福无量。

我问，转一次湖要多长时间？

小闫答，十多天吧。

我看着眼前垒得高高的玛尼堆，想着，一颗小石头代表一圈。那该转多少圈，才能垒成这种信仰的高度？

对这块土地，我唯有敬畏。

## 图书在版编目（CIP）数据

让每个日子都看见欢喜 / 丁立梅著. -- 北京：作家出版社，
2016. 8（2019. 6重印）

ISBN 978-7-5063-8721-7

Ⅰ. ①让… Ⅱ. ①丁… Ⅲ. ① 散文集 – 中国 –当代 Ⅳ.
①I227

中国版本图书馆CIP数据核字（2016）第025098号

## 让每个日子都看见欢喜

作　　者：丁立梅
责任编辑：省登宇
装帧设计：粉粉猫
封面绘图：丛　威
出版发行：作家出版社有限公司
社　　址：北京农展馆南里10号　　邮　　编：100125
电话传真：86-10-65067186（发行中心及邮购部）
　　　　　86-10-65004079（总编室）
E-mail:zuojia@zuojia.net.cn
http://www.zuojiachubanshe.com
印　　刷：北京尚唐印刷包装有限公司
成品尺寸：145×210
字　　数：180千
印　　张：9.75
版　　次：2016年8月第1版
印　　次：2019年6月第3次印刷
ISBN　978-7-5063-8721-7
定　　价：35.00元